L'espion qui venait du livre

DU MÊME AUTEUR

La Folle du roi
Fleuve noir, 1982

Le Zen de nos grand-mères
Seuil, 2008

La Publicité
PUF, « Que sais-je », 2013

Un trou dans la toile
Rivages/Noir, 2016
Grand Prix de Littérature policière

Les Dix Meilleurs Films de tous les temps
Marest, 2017

Le Polar de l'été
La Manufacture de livres, 2017

Un petit chef-d'œuvre de littérature
Marest, 2018

Le Dernier Thriller norvégien
La Manufacture de livres, 2019

Le Fils du professeur
La Manufacture de livres, 2021

L'invention du cinéma
Marest, 2022

Luc Chomarat

L'espion qui venait du livre

la manufacture de livres

Cet ouvrage a déjà paru chez Rivages Noir en 2014

ISBN 978-2-35887-865-4

Si vous souhaitez recevoir notre catalogue
et être tenu au courant de nos publications,
envoyez vos nom et adresse, en citant ce livre à :

La Manufacture de livres, 101 rue de Sèvres, 75006 Paris
ou
contact@lamanufacturedelivres.com

L'ESPION QUI VENAIT DU LIVRE

« …J'ai raté ma vie (…) à partir du jour où je suis devenu un commerçant, j'ai perdu mes vrais amis. Nous n'avons plus parlé des mêmes choses. »

Gaston Gallimard

1

Le Jumbo en provenance de Los Angeles venait de s'immobiliser en bout de piste. Bob Dumont jeta un coup d'œil par le hublot. Singapour, à nouveau. Ses yeux, des yeux qui avaient la couleur et la dureté de l'acier, se plissèrent. Son dernier séjour chez les Jaunes avait été plutôt mouvementé et lui laissait un goût amer dans la bouche.

Se plissèrent jusqu'à n'être plus que deux fentes. C'est mieux.

Ses yeux, des yeux qui avaient la couleur et la dureté de l'acier, se plissèrent jusqu'à n'être plus que deux fentes. Son dernier séjour chez les Jaunes avait été…

Ce n'était certes pas son premier séjour chez les Jaunes. Comme toujours, il avait le goût du sang dans la bouche.

C'est mieux.

Il défit sa ceinture, fit jouer ses muscles souples, vérifia que son Beretto était bien calé dans son holster. L'hôtesse, une blonde longue et ferme dont le chemisier se tendait à craquer sur une paire en béton, lui adressa un sourire radieux. L'hôtesse…

L'hôtesse, une blonde longue et ferme dont le chemisier strict se tendait à craquer sur une paire de seins. L'hôtesse. L'hôtesse, une blonde longue et ferme dont le petit chemisier strict était plein à craquer d'une paire de seins énormes, lui adressa un sourire radieux. L'hôtesse, une grande blonde souple et svelte dont le petit chemisier strict craquait sous la pression de deux. Bon, on verra après. Lui adressa un sourire radieux.

D'instinct, il sut que cette marque de sympathie était destinée plus à l'homme qu'au passager. Elle avait une bouche intéressante et Bob lui rendit la politesse sans se faire prier.

Elle avait une bouche large, couleur de tulipe fraîche et Bob lui rendit la politesse sans se faire prier.

Craquait sous la pression de deux seins… Se déchirait aux coutures…

On verra après.

– Bon séjour à Singapour, Monsieur, dit-elle d'une voix de gorge très prometteuse.

– Si nous pouvons nous revoir, il le sera, fit Bob avec chaleur.

Durement.

– Si nous pouvons nous revoir, il le sera, fit Bob durement.

Il menait une existence mouvementée, qui pouvait se terminer brutalement à tout instant. Aussi ne perdait-il pas de temps en préliminaires.

– Je n'osais pas vous le proposer, avoua-t-elle, ses grands yeux turquoise rivés à ceux de Dumont. Je reste quelques jours avant de repartir pour Tokyo…

Il la détailla de haut en bas. Elle était décidément carrossée à son goût.

– Nous trouverons certainement une occasion, ma belle. Où êtes-vous descendue ?

– Je suis au Caesar Palace.

Il se leva, récupéra son sac de voyage.

– À très bientôt, dit-il aimablement.

Une heure plus tard, Bob pénétrait dans les toilettes pour hommes du Mah-Jong, le fameux centre commercial robotisé. Un petit homme se tenait devant les lavabos, très occupé à se laver les mains depuis une demi-heure. Bob s'approcha. L'homme portait un exemplaire du Wall Street Journal dans la poche droite de sa veste.

– Qu'est-ce que vous avez pour moi ? Je suis Dumont.

– Oui, j'ai étudié vos photos.

– Méfiez-vous des cyborgs. Alors ?

L'homme au journal jeta un coup d'œil inquiet autour de lui. Bob ne connaissait pas son nom, ne savait rien de lui. Il savait juste où le retrouver et à quoi le reconnaître. Le service était plus cloisonné que jamais, depuis le 11 Septembre.

– Il paraît que vous êtes le meilleur, Dumont. J'espère que c'est vrai, parce que ce qui nous arrive dessus n'est pas une plaisanterie.

– Al-Qaïda ?

– Vous pouvez oublier Al-Qaïda. Si mes sources sont exactes, nous allons devoir faire face à une menace bien plus terrible.

– Abrégez. Je ne suis pas un enfant de chœur.

À nouveau, le petit homme regarda autour de lui. Dans une des cabines, quelqu'un déféquait bruyamment.

– Voilà… Tenez-vous bien. Le tsunami qui a ravagé tout le sud de l'Asie et causé la mort de cent cinquante mille personnes n'avait probablement pas des causes naturelles.

Le visage de Bob demeura impénétrable.

– Si c'est vrai, qui est derrière cette opération ?

L'autre haussa les épaules.

– Igor bien sûr. Qui d'autre, à votre avis, est à ce point acharné à la destruction de l'humanité, sans aucune discrimination de quelque nature que ce soit, politique, religieuse, idéologique…

– Igor… (Les yeux de Bob se plissèrent.) Il n'est donc pas mort…

Jusqu'à n'être plus que deux fentes. Les yeux de Bob se plissèrent jusqu'à n'être plus que deux fentes. Il me faut un petit café. Est-ce qu'il me reste des filtres ?

Racheter des filtres. PENSER À CHANGER LA BOUTEILLE DE PROPANE.

– C'est agaçant, toutes ces petites interruptions…

– Que voulez-vous dire ? interrogea Bob.

– Vous n'avez pas remarqué ?

– Mais de quoi diable parlez-vous ?

– Rien, rien… Où en étions-nous ?

– Igor… (Les yeux de Bob se plissèrent jusqu'à n'être plus que deux fentes meurtrières.) Il n'est donc pas mort…

– Non, confirma le petit homme. On reconnaît sa signature… C'est monstrueux.

– La fiabilité des sources ?

– Plus de 75%. Un standard particulièrement élevé, comme vous devez le savoir. Est-ce que vous vous rendez compte de ce que cela signifie ? Si l'opération est reconduite avec succès au large de la Floride, le 11 Septembre fera figure de plaisanterie dans les livres d'histoire.

– Oui, j'avais compris.

Un bruit de chasse d'eau les fit se retourner. Un Jaune en chemise à fleurs sortit d'une cabine en souriant. Rien qu'un inoffensif autochtone, pour qui n'avait pas l'œil exercé de Dumont.

– Couchez-vous, prononça-t-il.

Trop tard. Le tueur fit jaillir un pistolet-mitrailleur Uzi et arrosa le décor sans faire de détail, perforant l'homme au Wall Street Journal sur toute sa hauteur. S'abritant aussitôt derrière le cadavre, Dumont le propulsa sur le tueur. Le souffle coupé, le Jaune tomba à genoux. Dumont lui encastra la tête dans une vespasienne. Le Jaune, à moitié aveugle, glissa dans une flaque de sang, atterrit violemment sur la céramique en vidant son chargeur au hasard. D'un atémi bien placé, Dumont lui brisa la nuque.

Un silence surréel succéda au sifflement ininterrompu des projectiles.

– On dirait que mon incognito a fait long feu, remarqua Dumont.

L'Uzi était équipé d'un réducteur de son. À l'extérieur, le massacre était probablement passé inaperçu. Si personne ne pointait son nez dans les soixante secondes, on échapperait à bien des complications avec les autorités locales.

Il se recoiffa rapidement devant la glace au-dessus du lavabo et quitta les lieux, à temps pour croiser une escouade d'uniformes armés jusqu'aux dents. Prenant son air de touriste, Dumont gagna la sortie en s'efforçant de marcher lentement. Sitôt à l'extérieur, il appela un taxi.

– Démarre, dit-il à l'autochtone affable et bridé qui lui souriait de ses deux dents.

– Oui *sahib*.

Le Jaune s'exécuta. Confortablement calé dans le fond du véhicule, Dumont alluma une cigarette Gold et détendit ses muscles un à un.

– Où allons-nous, *sahib* ?

Bob réfléchit. Visiblement tout le monde à Singapour était au courant de son arrivée. Un comité d'accueil devait l'attendre à son hôtel. Il fallait improviser. L'hôtesse ? Bob consulta sa montre. Il fallait laisser à la dame le temps de défaire ses valises.

– Emmène-moi visiter quelque chose.

– Oui *sahib.* Temple du Lotus Rouge.

– Tout ce que tu voudras.

Deux heures après, Dumont se présentait souplement à la réception du Caesar Palace. Un Jaune affable, costumé en pingouin, l'accueillit d'un sourire avide de pourboires.

– Mon *sahib* désire ?

– Une de mes amies est descendue ici. Hôtesse de l'air, blonde, svelte… Elle fait du 95 D.

– Félicitations, *sahib.*

– Ça va, ça va… (Dumont aligna quelques dollars sur le comptoir.) Le numéro de la chambre ?

– Certainement *effendi.* Mademoiselle Furie. Chambre 315.

– Entrez, dit une voix de gorge lorsqu'il eut frappé.

Par précaution, il dégaina son fidèle Beretto, poussa la porte, entra souplement. Tout semblait normal. La pièce était vide. Une forte odeur de jasmin arrivait du jardin par la terrasse dont la fenêtre était grande ouverte.

– Oui ?

Elle sortit de la salle de bains à l'instant où Bob rengainait son flingue. En négligé de dentelle noire ouvert sur ses seins généreusement siliconés, elle était évidemment bien plus à son avantage que dans l'uniforme de la Panam.

– Monsieur Dumont. Je viens à peine de défaire mes bagages. Quelle excellente surprise.

– N'est-ce pas ? J'ai vu de la lumière, et je suis bien monté.

Elle eut un rire de gorge qu'il trouva tout à fait merveilleux.

– Je sens que nous allons bien nous entendre, dit-elle en désignant le canapé. Voulez-vous boire quelque chose ?

– Scotch. Avec de la glace.

Elle alla jusqu'au bar d'une démarche élégamment chaloupée. Bob apprécia en connaisseur la visible fermeté de sa croupe. Elle laissa tomber deux cubes de glace dans un grand verre, lui adressa un regard chaleureux par-dessus son épaule.

– Quelque chose me dit que vous devez bien tenir l'alcool, monsieur Dumont.

– Je vois que vous vous y connaissez en hommes.

– Pensez-vous.

Elle prit place à côté de lui, colla sa cuisse contre la sienne en lui tendant son verre, qu'elle avait généreusement rempli d'un excellent douze ans d'âge.

– Pas mal, apprécia Dumont.

– Je me sens très rassurée avec vous, monsieur Dumont.

– Ça va, ça va… Mets-toi au boulot.

Elle se pencha en avant. Elle était tout à fait rassurée, apparemment, étant donné l'ardeur avec laquelle elle se mit au travail.

Quelques instants plus tard, Dumont passait sur la terrasse, allumait une Gold. La chambre donnait sur les jardins de l'hôtel. De sombres palmiers ondulaient devant lui avec une souplesse de serpents. Il se laissa tomber dans un vaste fauteuil en bambou, rajusta distraitement son nœud de cravate. Tout invitait à jouir de l'instant sans plus se poser de questions.

Silencieuse comme une chatte, elle se glissa près de lui. Embrasés par le couchant, ses cheveux lâchés roulaient comme une lave dans le creux de ses reins. Il y avait un moment déjà qu'elle ne portait rien d'autre que ses chaussures. Il apprécia le spectacle, prit le verre plein qu'elle lui tendait.

– Tu as été fantastique, dit-elle.

– Oui, reconnut Dumont.

Ils trinquèrent. Elle le frôla, alla s'accouder à la balustrade, merveilleusement impudique. Bob soupira.

– Il ne faudrait pas que ça nous fasse perdre de vue les dures réalités de la vie, prononça-t-il comme pour lui-même.

– Que veux-tu dire ?

– Igor savait très bien que j'échapperais à son tueur à la petite semaine. En fait, cela faisait partie de son plan. Détourner les soupçons et t'ouvrir un boulevard.

– Mais…

– Te fatigue pas. Ton vraie nom est Ilsa Goulag, matricule… 1764099 je crois, section 12V. Lorsque j'ai étudié ton dossier tu étais brune et tu portais les cheveux au carré. On disait aussi que tu ne commettais pas d'erreurs. Apparemment, ce n'est plus le cas.

Elle avait compris. Un petit pistolet nacré venait d'apparaître dans sa main. Il avait beau être petit, il devait pouvoir cracher du .22, ce qui ne pardonnait pas à cette distance.

– Pas mal, apprécia-t-il. Je me demande bien où tu as pu planquer ce joujou pendant tout ce temps.

– Je répare très vite mes erreurs, chéri. C'est pour cela qu'elles n'apparaissent pas dans mon dossier.

Dumont aspira la fumée de sa cigarette. Il sentit l'extrémité du dard contre ses dents.

– Adios, baby. C'était bien le temps que ça a duré, dit-il.

Un sifflement à peine audible dans la nuit de Singapour. Le dard empoisonné s'enfonça entre les seins de l'espionne. À cette distance du cœur, l'effet du poison était quasi-instantané. La paralysie gagna l'extrémité des membres en une fraction de seconde, bloquant son doigt sur la queue de détente. Ses yeux se révulsèrent. Elle tomba raide aux pieds de Bob.

Il s'agenouilla au-dessus d'elle. Déjà il n'y avait plus une étincelle de vie dans ses grands yeux vides. Sa langue enflée pendait hors de sa bouche, en une dernière grimace d'invite à ce qu'elle savait faire de mieux.

– Dommage, prononça Bob en prenant son pouls par précaution.

Elle était encore chaude et il se dit que ce métier n'avait pas que des bons côtés.

– S'agirait maintenant de ne pas moisir ici.

Il lui ferma les yeux, se redressa vivement. Effectivement, ce n'était pas le moment de s'attarder : on frappait à la porte de la chambre. Bob jeta un dernier regard circulaire. Il vida son verre, essuya hâtivement ses empreintes, et sans hésiter, enjamba la balustrade. Il se réceptionna souplement, gagna l'allée principale sans se retourner. En moins d'une minute, il était dans la rue.

Il se dirigea à grands pas vers le boulevard Feng-Shui, qui traverse Singapour du nord au sud. Un taxi arrivait à point nommé.

Dumont haussa un sourcil. Le véhicule obliqua résolument vers lui et s'arrêta à sa hauteur dans un épouvantable crissement de pneus. La portière s'ouvrit à la volée.

– Montez, Dumont. Dépêchez-vous, nous avons perdu assez de temps.

Toujours sur ses gardes, Bob s'installa sur la banquette arrière. Un petit homme d'une cinquantaine d'années, un Occidental, vêtu d'un costume sobre et d'un imperméable défraîchi, s'y trouvait déjà. Dégarni, tassé sur lui-même comme une bestiole prête à bondir, il regardait Dumont par-dessus une paire de verres épais, d'un air consterné.

– À l'hôtel, dit-il au chauffeur, qui embraya aussitôt.

– À qui ai-je l'honneur ? demanda Bob.

– Delafeuille. Mes respects.

– Delafeuille, Delafeuille… Votre nom me dit vaguement quelque chose…

– Évidemment, abruti. Je suis votre éditeur. L'homme qui met sur le marché vos aventures ineptes.

2

– Parfaitement, vitupérait le petit homme d'une voix frémissante d'indignation, le misérable qui accorde l'*imprimatur* à ces choses écrites avec les pieds, le criminel qui permet à ces délires sériels et prépubères de se répandre dans les linéaires, c'est moi.

– Je vous trouve un peu dur, m'sieur Delafeuille, fit Dumont.

– Dur ? Vous me trouvez dur ?

Ils avaient pris place dans les salons, déserts à cette heure avancée, du Grand Hôtel de Singapour où Delafeuille était descendu. L'éditeur en était à son troisième pastis. La colère aidant, il avait les joues pourpres et l'œil injecté. Par prudence, Dumont avait adopté un ton paisible, amical.

– Vous en prendrez bien un autre ?

– Un autre quoi ?

– Un autre verre.

– Ça oui ! J'en ai besoin, après ce que nous venons de lire.

Dumont fit un signe en direction du bar. Delafeuille, les yeux fixes, regardait le fond de son verre.

– Vingt pages, marmonna-t-il. Même pas vingt pages et nous

avons déjà eu droit à un déballage de lieux communs aux petits oignons…

– Écoutez, fit Dumont en se renversant dans son fauteuil, je ne suis pas spécialiste comme vous, mais personnellement j'ai trouvé ce premier chapitre très enlevé.

– Vous n'êtes pas sérieux.

– Eh bien, je ne sais pas… Il y avait beaucoup d'action et…

– Blablabla. Des scènes on ne peut plus convenues. D'ailleurs, tout est convenu, donc soporifique, dans cet univers de pacotille. Vous voulez que je vous dise la vérité ?

– Allez-y.

– John Davis est *out of control.*

En prononçant le nom de John Davis, Delafeuille monta de deux tons dans les mauves.

– John… De qui parlez-vous ?

– L'auteur.

– Ah oui.

– Quand je dis l'auteur, c'est évidemment un terme technique, précisa Delafeuille avec un regard haineux. Des auteurs, des vrais, j'en ai connu quelques-uns. Croyez-moi, ils étaient parfaitement incapables d'écrire des choses comme : « fit jouer ses muscles souples ». Ou : « d'une voix de gorge très prometteuse ». Et je leur en sais gré.

– C'est le genre qui veut ça.

– Il a bon dos, le genre. Ce bouquin dégénère dès les premières lignes. On dirait une chose malade. Ce type a pété les plombs.

– Vous voulez dire, John Davis ?

Delafeuille monta de deux tons dans les mauves.

– Ne prononcez pas ce nom-là devant moi.

– Bon.

– Il est *out of control.*

– Est-ce vraiment un défaut pour un artiste ?

– Artiste ? C'est lui qui a collé cette réplique dans votre bouche ? Il ne manque pas d'air.

– Je disais ça comme ça.

– Il est *out of control*, et ce qui est pire, *out of fashion*. C'est daté, daté… Il n'a plus aucun sens des réalités, en particulier des réalités éditoriales. Il n'a absolument aucune idée de ce que les gens lisent de nos jours. Je suis sûr qu'il n'a même jamais mis les pieds à la Fnac.

– Vous rigolez, m'sieur Delafeuille.

– Taisez-vous. Il a dépassé la mesure. Je ne pouvais pas le laisser continuer sans rien faire. Ce coup-ci j'ai décidé de m'embusquer dès la fin du chapitre 1. Voir sur place comment on peut en arriver à des extrémités pareilles.

Dumont fronça les sourcils. Quelque chose ne collait pas dans le récit de Delafeuille.

– Mais… C'est quand même très curieux ce que vous dites là…

– Plaît-il ?

– Cette façon de vous embusquer sur la fin du chapitre 1. Je ne sais pas, je trouve ça curieux…

– Et qu'est-ce que vous auriez fait à ma place ? C'était très mal parti, cette histoire. Il fallait bien que j'intervienne !

– Sans doute.

Delafeuille vida son verre.

– Le seul nom de John Davis me donne des boutons.

– Ça vous ferait plutôt monter de deux tons dans les mauves.

– John Davis… J'aurais dû comprendre que ce pseudonyme imbécile ne laissait rien augurer que de très médiocre.

– Ce n'est pas une raison pour détériorer le matériel.

Delafeuille en effet, était en train d'enfoncer ses ongles dans les coussins du fauteuil, arrachant sauvagement le tissu à petites fleurs.

– Damnation, s'exclama-t-il en regardant ses mains s'agiter avec horreur. Me voilà prisonnier de cette prose outrancière. Je fais n'importe quoi.

– Très juste.

– Ne faites pas trop le malin, Dumont. Vous êtes là-dedans jusqu'au cou, vous aussi, vous le premier… Et croyez-moi, il peut nous arriver à peu près n'importe quoi. Vous savez qui est en réalité… (Delafeuille aspira beaucoup d'air.) "John Davis" ?

Dumont alluma une cigarette Gold.

– Vous allez me le dire.

– Un escroc. Un alcoolique. Un ringard. Un crétin qui porte les mêmes pantalons à pattes d'ef' depuis trois décennies.

– Continuez.

– Habite une masure délabrée sur le plateau du Quercy, joue de la guitare folk devant sa cheminée en inhalant du cannabis et ne sait même pas qu'Internet existe.

Comme Dumont allait répliquer, une serveuse élancée, en bikini noir et talons hauts, ondula jusqu'à eux. Delafeuille regarda avec effroi les seins siliconés que la fille pointait sur lui et que le tissu arachnéen avait du mal à contenir.

– Qu'est-ce que c'est que ça ? interrogea-t-il avec épouvante.

– Une serveuse, fit Dumont sans s'émouvoir.

– C'est effroyable. Le tissu du bikini est *arachnéen*.

– Oui. Personnellement je trouve ça assez plaisant.

– Mais vous ne comprenez pas ! Ce sont de grosses ficelles. Des facilités de bac à soldes. Plus personne n'oserait écrire ça de nos jours. John Davis est *out of control*.

– *Out of fashion*, voulez-vous dire.

– Ces messieurs ont commandé des dragées ? interrogea la serveuse.

– Pas du tout, répliqua Delafeuille, mal à l'aise. Un pastis.

La fille laissa tomber son plateau, découvrant soudain un Uzi avec réducteur de son qu'elle braqua sur Delafeuille tétanisé.

– Au secours, gémit-il.

Mais déjà Dumont avait souplement bondi. Avant même que la créature ait eu le temps d'accomplir son œuvre de mort, il lui avait silencieusement enfoncé un cran d'arrêt entre les côtes. Impitoyable, la lame sectionna l'aorte avec précision. La fille ouvrit la bouche pour crier, mais elle était déjà morte. Dumont la rattrapa avec dextérité tandis qu'elle s'effondrait, jeta un rapide coup d'œil alentour. Tout s'était passé à la vitesse de l'éclair. Personne n'avait rien remarqué.

– Aidez-moi, m'sieur Delafeuille.

– Hein ? Mais… Que s'est-il passé ?

– Prenez-la par les pieds.

Delafeuille, blanc comme un linge, semblait incapable de bouger.

– Pourquoi ? Qu'est-ce que vous faites ?

– Cachons-la derrière le yucca.

– J'ai failli… Elle allait…

– C'est une question de secondes, intima durement Dumont. Remuez-vous !

Delafeuille reprenait peu à peu ses esprits. Il prit docilement la fille par les pieds et, soufflant et suant, aida Dumont à la transporter discrètement jusqu'à l'entrée du bar. Là, ils déposèrent le corps derrière une gigantesque plante exotique en pot, où on ne risquait pas de le découvrir avant plusieurs heures.

– Ce bouquin est incohérent, ahana Delafeuille en se redressant. C'est n'importe quoi. En plus (il essuya la sueur de son front d'un revers de main) on risque sa peau.

– Vous faites pas de bile, m'sieur Delafeuille, le tranquillisa Dumont en rajustant sa cravate. Vous ne risquez rien avec moi. Je suis un professionnel.

– Oui, oui. Et vous vous déplacez souplement. Un peu comme un tigre.

– Très juste. Comment le savez-vous ?

L'éditeur haussa les épaules, saisit Dumont par le bras. Visiblement il avait hâte de s'éloigner.

– Soit, dit-il d'une voix qui avait retrouvé un peu de sa fermeté. Je ne peux pas faire grand-chose au sujet de ces péripéties sauvages et dénuées de sens. Mais bon sang, il y a tout de même moyen d'améliorer le produit. Il le faut, si je veux écouler plus de dix exemplaires et cesser d'être la risée de la profession.

– Quel produit ? Le gaz X-22 ?

– Mais non. Vous, votre bouquin. Un bouquin est un produit. Au même titre qu'une poudre à laver ou une bagnole.

– Tiens ?

– Évidemment. Qu'est-ce que vous imaginez ? Il y a un marché du livre. Plusieurs milliers de nouveautés par an. Pour gagner, il faut être dans la tendance et correctement médiatisé. Comme n'importe quel yaourt. Ce n'est pas moi qui invente les règles.

– Giono ? Schnitzler ? James ? Des yaourts ?

– Attendez, attendez. Stop. Vous me parlez de littérature. Ici nous sommes bien d'accord, nous sommes dans un roman de gare.

– Ouais. (Dumont haussa les épaules avec décontraction.) Vous savez, ça ne veut plus rien dire. On vend de tout dans les gares, maintenant.

– Ça va, n'inversez pas les rôles. C'est très agaçant.

– Vous savez, moi, ce que j'en dis…

– Oui, eh bien, ne le dites plus. Je vais vous reprendre en main.

– Tant que ça ne gêne pas le déroulement de mon enquête.

– Arrêtez, je ne peux pas rire. Bon, allons-y.

Delafeuille empoigna à nouveau Dumont par le bras et l'entraîna en direction des ascenseurs, tout en jetant des regards inquiets de droite et de gauche. De fines gouttes de sueur perlaient sur ses tempes. Visiblement l'épisode de la serveuse au PM l'avait secoué.

– Où allons-nous ? demanda Dumont sans se départir de son flegme légendaire.

– Dans la suite que nous avons réservée à votre nom. Avant toute chose, nous allons procéder à une indispensable opération de *relooking*.

– C'est-à-dire ?

– Vous allez porter du Armani. Du Versace. Du Ermenegildo Zegna.

– Pour quoi faire ?

– Pour bénéficier de l'imaginaire associé à ces marques, d'une part, vous reconnecter à l'époque, d'autre part.

– Écoutez, si ça peut vous faire plaisir.

– Et puisqu'on en parle, faudrait voir à mettre un terme à ces stupides propos racistes. On ne dit pas des “Jaunes”.

– Mais ils sont jaunes. Fourbes. Ils sont au service du mal.

– Ils ne sont pas jaunes. Ce sont des Asiatiques. Des citoyens du monde, comme vous et moi.

Tout en parlant, ils étaient arrivés à l'ascenseur. Le liftier, un Jaune de petite taille, au regard extraordinairement fourbe, les précéda dans la cabine avec force courbettes.

3

Le soleil descendait lentement sur les eaux de Singapour, incendiant de reflets pourpres les parois de plexiglas des hautes tours d'affaires. Bob, une serviette nouée sur les reins, sortit de la douche en faisant jouer ses muscles souples. Delafeuille était assis sur le lit, l'air hagard. Un peu de bave luisait à ses commissures.

– Quoi, mes commissures ?

– C'est vrai, vous êtes crispé, vous bavez un peu. Vous ne voulez pas prendre une douche ?

Machinalement, Delafeuille essuya ses lèvres minces d'un revers de main.

– Il y a plus urgent à faire.

– Ne pensez pas qu'au boulot, Delafeuille.

– Qu'est-ce que vous faites avec ce téléphone ?

– J'appelle la réception, qu'ils nous envoient des filles.

– Arrêtez ça tout de suite. Les hôtels internationaux ne sont pas des réseaux de prostitution, sauf dans la tête de John Davis qui n'a jamais quitté le Quercy.

– Bon, alors qu'est-ce que vous proposez ?

Dumont raccrocha le téléphone avec désinvolture. Il se laissa tomber dans un fauteuil, alluma une élégante cigarette Gold, manufacturée spécialement pour lui en Angleterre. Un silence pesant s'établit entre les deux hommes. Dumont souffla un rond de fumée vers le plafond.

– Et cette manie de fumer des cigarettes Gold… marmonna Delafeuille d'une voix presque inaudible.

– La fumée vous dérange ?

– Ce qui me dérange, c'est cette accumulation de marques fantaisistes, qu'on ne peut se procurer nulle part, sur lesquelles il est impossible de fixer un ordre de prix et qui donc ne font fantasmer personne.

Dumont fronça les sourcils.

– Que voulez-vous dire ?

– Mettez un peu les pieds dans le réel, mon vieux. Il n'y a aucun imaginaire, dans un paquet de Gold.

– Là, je ne vous suis plus. C'est une marque inventée, justement.

– Oui, justement. Vos lecteurs ne peuvent pas la situer.

– Je ne comprends pas.

– Les gens, expliqua Delafeuille en détachant les syllabes, ont besoin de savoir combien ça coûte. Sinon ils ne peuvent pas rêver.

– C'est un peu désespérant, ce que vous dites là.

– Ce n'est pas votre affaire, ni la mienne. C'est comme ça, c'est tout. Dumont, nous devons prendre ces réalités en compte. Nous devons améliorer le produit.

– Écoutez, si ça peut vous aider à vous détendre, c'est bien volontiers.

Delafeuille épongea son front baigné de sueur. Il regarda un instant Dumont comme s'il cherchait à percer ses intentions véritables. Le visage de Dumont demeura impénétrable.

– OK Dumont. Reprenons ensemble le chapitre 1.

– OK.

Delafeuille sortit de la poche de son imperméable un exemplaire de *L'Espion qui venait du livre* et se mit à le feuilleter avec une dextérité d'employé de banque. Dumont eut un regard appréciateur pour la blonde comestible de la couverture, en porte-jarretelles et bas noirs, qui lui adressait un sourire d'invite.

– Je passe sur la forme épouvantable, piaillait Delafeuille. Bien. Donc vous débarquez de Los Angeles. Pourquoi pas, après tout… Par contre, vous ne faites même pas mention du jetlag. Vous perdez une bonne occasion d'accrocher le lecteur, par un de ces petits détails qui font vrai, auxquels il peut s'identifier. Vous savez, les gens voyagent beaucoup, maintenant. Ils passent leurs vacances aux antipodes. On n'est plus dans les années 60. Ils savent comment ça se passe un voyage en avion. Vous, vous arrivez frais comme un gardon.

– Je suis un agent surentraîné.

– Vous êtes un héros de pacotille, qui se meut dans un monde incrédible, voilà ce que vous êtes.

– C'est un néologisme.

– Quoi ?

– Incrédible. C'est un néologisme.

– Et alors ? s'empourpra Delafeuille. Mieux vaut un petit néologisme de temps à autre que des mots dont plus personne ne comprend la signification. Les filles ne sont pas carrossées, de nos jours ! Personne ne sait ce que ça veut dire, carrossé !

– Bon, bon. Calmez-vous.

– Ensuite, tous les Asiatiques ne font pas partie d'une organisation visant à nous anéantir. C'est dans votre tête. Ce sont des gens très bien. Des acteurs de l'économie moderne. Pas des barbares en pagne. Et la douane ?

– Quoi la douane ?

– Vous passez la douane avec des Beretto, vous ?

– Ben oui.

– Je rêve. En plus, vous trouvez ça normal. Même quand je vous mets le nez dessus.

– Vous savez, je fais ça depuis le premier épisode de la série. C'est comme une seconde nature.

– « Dumont lui encastra la tête dans une vespasienne ». Bon sang, il a réellement écrit ça. Rien ne l'arrête.

– Qui donc ?

– Mais John Davis, bien sûr ! Pas Proust !

Dumont, qui se demandait bien où Delafeuille voulait en venir, tirait sur sa cigarette en silence, le visage impénétrable.

– Cette scène interminable et grotesque dans les toilettes… Ça me tombe des mains, ce truc… Mais nom de Dieu, qu'est-ce qu'il fume ?

– Si vous le détestez tant que ça, prononça calmement Dumont, pourquoi continuer à le publier ?

– Parce que nous avons signé un contrat. Toutes les nuits – toutes les nuits vous entendez ? Je rêve qu'il tombe en panne d'inspiration et qu'il cesse d'écrire ces insanités. Mais non. L'imbécile croit qu'il doit se nourrir. Subsister. Il en torche un tous les deux mois.

– Un quoi ?

– Une de vos aventures bidon.

– Remarquable.

– Odieux, oui. Bon, après. Les Jau… les Asiatiques ne disent pas « sahib » ni « effendi ».

– Écoutez, c'est exotique. C'est ça l'important. Après, bon. Tout ça n'est peut-être pas d'une absolue rigueur documentaire. C'est normal. C'est la licence poétique.

– Ne me parlez pas de poésie ou je vous tue !

Un petit pistolet automatique à crosse d'ébène venait de jaillir dans la main de Delafeuille. Malgré son expérience des retournements de situation imprévisibles, Bob ne put réprimer un mouvement de recul.

– Vous, Delafeuille ? Vous êtes dans leur camp ?

– Hein, quoi ? (Delafeuille baissa des yeux ahuris sur ses petites mains noueuses, comme si elles ne lui appartenaient plus.) Qu'est-ce que c'est que ce truc ? Qu'est-ce qui m'arrive ?

Cette hésitation fut fatale à Delafeuille. Dumont bondit. Précis comme un sabre, le tranchant de sa main fracassa le poignet de l'éditeur, qu'il retourna et jeta au sol d'une clé classique de gréco-romaine, tout en attrapant au vol, de sa main gauche restée libre, l'automatique qui avait fusé dans les airs.

Un genou au creux des reins de son adversaire impuissant, Dumont posa l'automatique sur le lit et tira sur sa cigarette avec classe.

– OK. Maintenant dites-moi ce que vous avez fait du vrai Delafeuille.

– C'est moi le vrai Delafeuille, piailla Delafeuille. Si vous m'étranglez, ce bouquin ne sortira jamais.

Dumont relâcha légèrement son étreinte.

– Alors comment expliquez-vous ce qui vient de se passer ? D'où sortez-vous ce joujou ?

– Mais je n'en ai pas la moindre idée. Il n'était pas là la seconde d'avant. Je n'ai jamais eu d'automatique, encore moins d'automatique à crosse d'ébène.

– Et ça, c'est quoi ? Un palm-pilot ?

– C'est John Davis ! Il a encore allumé un de ses pétards surdosés. Il est stone. Il ne contrôle plus du tout l'intrigue.

– Hmm, fit Dumont. Ça se tient.

– Non, justement.

– Oui, c'est ce que je voulais dire. Remarquez, à sa décharge, vous n'étiez pas prévu dans le scénario. Mettez-vous à sa place. Ça doit lui demander des ajustements colossaux.

– Ça y est. Ça va être ma faute, maintenant.

La voix de Delafeuille n'était plus qu'un râle indistinct.

– Dites, je ne peux plus respirer. C'est très désagréable.

– Comment ? fit Dumont. Je ne comprends rien. Votre voix n'est plus qu'un râle indistinct.

Delafeuille ouvrit la bouche pour répliquer, mais aucun son n'en sortit. Dumont hocha la tête.

– OK, OK. Vous en rajoutez un peu, tout de même.

Dumont libéra Delafeuille, qui se traîna jusqu'au lit, légèrement mauve. Bob se rassit dans le fauteuil, très calme. Delafeuille desserra sa cravate, défit le premier bouton de sa chemise et se massa le cou. Bob observait l'extrémité de sa cigarette d'un regard neutre. Un silence pesant s'établit entre les deux hommes.

– Vous m'avez fait mal, chuinta Delafeuille au bout d'un moment.

– Vous m'avez menacé d'un pistolet.

– Mais nom de Dieu, j'y suis pour rien je vous dis !

Delafeuille eut une quinte de toux. Dumont haussa les épaules.

– Ça va, je vous crois. Mes réflexes de tigre ont joué, c'est tout.

– J'ai au moins deux vertèbres brisées.

– Certainement pas. Je connais tous les points vitaux et je contrôle parfaitement la pression.

– Votre comportement a quelque chose de pavlovien.

– Bon, écoutez, on ne va pas passer la journée là-dessus. De quoi parlions-nous avant ce regrettable incident ?

Les yeux perdus dans la moquette, Delafeuille semblait toujours occupé à reprendre ses esprits.

– Le chapitre 1, ahana-t-il. Dès la première page, un manque de rigueur… (Il chercha des yeux son exemplaire de *l'Espion*, ne le vit nulle part.) Où est mon bouquin ?

– Je ne sais pas, il a dû voler quelque part.

– Oui, mais où ?

– Vous avez regardé sous le lit ?

Les deux hommes se mirent à quatre pattes. Après quelques minutes de fouille infructueuse, ils durent se rendre à l'évidence : l'exemplaire avait disparu.

– C'est tout de même un monde, s'exclama Delafeuille en se massant les reins. Il était encore là il y a cinq minutes.

– Le fait est qu'il n'y est plus.

– Mais enfin, c'est absurde ! Les choses ne disparaissent pas comme ça, voyons.

– Nous devons nous en tenir aux faits, Delafeuille.

– Oui, eh bien, ce n'est tout simplement pas possible ! Cet univers n'est même pas stable. Sans parler de logique interne !

– Dommage, fit Bob en se rasseyant. Cet exemplaire constituait une piste solide. C'était un moyen d'en savoir plus sur la suite des évènements…

– Vous n'allez pas recommencer à me soupçonner ?

– Je remarquais juste.

– Vous avez un air soupçonneux.

– C'est vous qui avez une tendance à la parano. Nous avons intérêt à faire équipe, vous savez.

– Justement, je ne sais pas si je peux compter sur vous.

– Évidemment, vous pouvez compter sur moi : je suis le héros. Bon, alors… Vous aviez des remarques de fond concernant le début de cette aventure.

Delafeuille, à nouveau assis sur le bord du lit, avait l'air abattu. Il regarda longuement Dumont par-dessus ses petites lunettes, avant de prononcer d'une voix atone :

– Depuis que John Davis est coupé du monde, il en a coulé de l'eau sous les ponts, croyez-moi. Ah, les négligés de dentelle noire, les dialogues à deux balles… Quelle blague ! Ce style allusif ne fait plus recette nulle part.

– Et donc ?

– La prochaine fois vous me ferez le plaisir de consommer. Je veux au moins une sodomie explicite, suivie d'une éjaculation faciale. Ce qui se fait maintenant, quoi.

– Je ne suis pas contre. Vous êtes un bon bougre, finalement.

– Je ne suis pas un bon bougre, je suis un professionnel de l'édition, qui vit avec son temps. Votre virilité de bazar, regard d'acier, cicatrices et compagnie ! Réveillez-vous, mon vieux, il y a eu deux guerres mondiales depuis ce temps-là.

– OK, fit Dumont, je marche.

– Oui, évidemment, vous, dès qu'il s'agit de… Bon, ce qui est fait est fait. Passez votre costume Armani. C'est maintenant qu'il faut rectifier le tir.

Delafeuille bondit sur ses pieds. Il semblait avoir retrouvé du poil de la bête.

– Je vous attends dans le hall.

Resté seul, Bob alluma une Gold au mégot de la première. Son enquête avait tourné court. Avec Delafeuille dans les pattes, il risquait fort de ne plus pouvoir avancer. En tout cas, pas au même rythme : l'éditeur visiblement n'était pas un homme d'action. Pour retrouver la piste d'Igor, Bob devait avoir les coudées franches.

Il fallait jouer serré. Il vérifia sur le cadran de sa montre que le mouchard discrètement accroché au revers de Delafeuille fonctionnait, et que celui-ci n'avait aucune intention de le suivre. Un voyant lumineux dont l'intensité allait décroissant indiquait avec précision la position de Delafeuille. Tout se déroulait comme prévu. L'éditeur se dirigeait effectivement vers le hall de l'hôtel.

Dumont enfila un costume de bonne coupe, cala son fidèle Beretto dans son holster et sauta souplement par la fenêtre.

4

Comme il traversait le grand hall en direction du bar, Delafeuille avisa le kiosque à journaux de l'hôtel. De taille respectable, celui-ci comportait, outre les quotidiens à gros tirage et les principaux titres de la presse magazine, un présentoir horizontal pour les livres.

Delafeuille consulta sa montre Breitling. Il faudrait bien quelques minutes à Dumont pour se refaire un look. Sifflotant pour se donner une contenance, il s'approcha. Une dizaine de titres y trouvaient place, en piles inégales.

Il y avait tout d'abord les bestsellers internationaux. Entre un million et un million et demi de signes chacun. Le dernier *Harry Potter*. Delafeuille haussa les épaules. On ne pouvait pas lutter contre Harry Potter, et surtout pas avec Bob Dumont. *Da Vinci Code*. Delafeuille soupesa le livre, eut une moue appréciatrice. Ça, c'était le produit miracle. Ces gens-là avaient la santé, tout de même. Plus d'un million de signes, et ils en pondaient un par an. Si encore c'était bâclé. Loin de là. C'était du travail de pro, écrit au cordeau, pas une phrase inutile. Un dosage parfait des ingrédients indispensables : suspense, sexe, romance, léger frisson d'horreur, aspects documentaires, prise directe sur l'actualité.

Delafeuille soupira, haussa à nouveau ses petites épaules. L'employé, doublement embusqué derrière son comptoir et le dernier numéro de l'*Auto-journal*, le héla soudain :

– Vous cherchez quelque chose ?

– Merci, fit Delafeuille avec un sourire forcé. Je regarde.

– OK *sahib*, dit l'autre, et il se replongea dans sa lecture.

Delafeuille fit un petit pas de côté. Les piles suivantes, c'était les prix de la rentrée. La rentrée de l'année dernière, mais la nuance n'avait rien d'essentiel. Un prix, c'est un prix. Tant que la banderole rouge est là, on émerge. Delafeuille soupesa le premier volume, une chose mince et élégante à couverture crème. Déjà, c'était littéraire. *La Crampe*, de Denis Roger. Il l'avait lu, celui-là. L'histoire d'un jeune écrivain qui n'arrive pas à écrire et qui découvre son homosexualité en traversant la Seine. Traversée hautement symbolique, d'ailleurs par le Pont des Arts. Pas mal. Delafeuille hocha la tête. Il avait trouvé au jeune Roger, oui, un style.

Oui.

Oui moderne.

La jeune fille et l'orgie, de Claire Fontaine. Un mince volume à couverture crème et banderole rouge dans chaque main, Delafeuille semblait hésiter. En fait, il comparait les poids, en vieil habitué. *La jeune fille et l'orgie* était un peu plus lourd. Dans ce récit largement autobiographique, une jeune lettrée emménage dans un 200 mètres carrés sur cour, quelque part entre Sèvres-Babylone et Saint-Germain des Prés, sans qu'il soit possible de situer l'action de façon plus précise. Elle raconte sa sexualité avec une sensibilité et une grâce certaine. Des chapitres entiers d'onanisme furieux, rapportés dans une écriture délicate comme une porcelaine. Révoltée par la présence de SDF dans les rues de Paris, leur souffrance abjecte, elle est prise d'un malaise alors qu'elle essaie le nouveau parfum de Chantal Thomass au Bon Marché.

Cette fin étrange, abrupte, qui excluait brutalement le lecteur, la sensation de vertige tout entière transmise par l'écriture, avaient fait couler beaucoup d'encre. Claire Fontaine était passée deux fois chez Ardisson. Elle en avait charmé plus d'un avec ses rires cristallins, son dégradé impeccable, son petit haut Barbara Bui. Son dernier opus, *Suis-je Claire ?* partait comme des petits pains. Delafeuille soupira à nouveau. Pourquoi ne l'avait-elle pas contacté, lui, au lieu d'aller se fourvoyer chez Bernard Grasset ?

Après venait une très haute pile, plus haute que Delafeuille lui-même. En se hissant sur la pointe des pieds, il vit la photo de Zidane en couverture, renonça à déchiffrer le titre.

Redescendant à son niveau, il passa à la pile suivante. François-Olivier Versailles, *Mémoires d'un vendu*. C'était ce jeune auteur rebelle, parti en guerre contre les médias. Un recueil de textes d'une férocité inouïe, fustigeant la médiocrité d'un monde mercantile voué aux apparences et à la représentation. Sa critique de la télévision en particulier en avait choqué plus d'un. Il animait maintenant une émission littéraire sur Canal.

– Si je peux vous aider, fit machinalement l'employé, sans lever les yeux de son magazine.

– Je ne crois pas, soupira Delafeuille.

Enfin, *Ruy Blas*.

– Ruy Blas ? interrogea Delafeuille à haute voix.

– Ça part bien, fit l'employé. C'est au programme de seconde.

– Ah.

– Du pré-vendu.

– Oui, oui.

– Bon, alors, vous prenez quelque chose, *effendi* ?

– Ne me dites pas « effendi », grinça Delafeuille. Combien, le John Grisham ?

L'employé posa son magazine, sourit béatement.

– L'auteur le plus vendu dans le monde, dit-il.

– Ça va, ça va. Combien ?

– C'est marqué dessus. Vous savez, c'est la loi Lang.

– La loi Lang ? À Singapour ?

– Nous ne sommes pas à Singapour, nous sommes dans un roman de gare.

– C'est absurde.

– C'est la licence poétique, *effendi*. Vous pouvez me faire une carte, si vous voulez.

Un instant plus tard, assis dans un des profonds canapés de la réception, Delafeuille parcourait distraitement le bestseller de John Grisham, écrit au cordeau et savamment documenté, tout en éclusant son septième pastis de la journée. Il sentait le poids conséquent du volume triple sur ses genoux cagneux. Légèrement ivre, il ricanait de temps à autre, sans même s'en apercevoir.

– Bien sûr, marmonnait-il indistinctement entre ses dents jaunes, voilà ce qui intéresse vraiment les gens, aujourd'hui. Les espions souples, les tueurs bridés ? Nous vendons des Mégane à la Chine et le Web court-circuite les États-nations. Je me demande si l'autre crétin est au courant de tout ça… Comment le serait-il, au fin fond du Quercy ?

Changer la maquette. Trouver un illustrateur capable d'imiter les couvertures des anciens Pulp Magazines. Ou peut-être donner dans le genre BD japonaise, les mangas, comme ils disent. Encore mieux. Il aurait dû s'occuper de ça plus tôt. Les photos de filles plus ou moins habillées, c'était comme une enseigne au néon qui dirait : « Attention, produit bas de gamme, date de consommation dépassée. »

Une photo d'un autre genre, peut-être ? Avec un léger traitement, bien sûr. Quelque chose de classieux, presque monochrome... Une photo de Dumont ? L'éditeur eut une remontée gastrique. Pourquoi pas, après tout ? Dumont, en costume Armani, dans une des poses dominatrices qu'il affectionnait, bras croisés, lunettes noires, etc. Cela plairait peut-être à la communauté *gay*.

À gestes imprécis et pleins d'alcool, Delafeuille chercha dans les poches de son imperméable de quoi noter ses idées, ne trouva pas, posa ses mains inertes sur ses genoux. N'importe, il se rappellerait. Bon. Une couve qui situe immédiatement Dumont dans l'époque. En profiter pour faire évoluer les titres. *Appelez-moi Bob* ? L'éditeur eut un ricanement étouffé.

Ses yeux tombèrent sur le bestseller de Grisham, qu'il avait abandonné entre ses genoux. Le tirage, en millions d'exemplaires, était imprimé directement sur la couverture, juste en dessous du titre thermoformé. Travail à l'américaine. Delafeuille cessa de sourire, fronça les sourcils. Il ouvrit le livre au hasard, se concentra sur la suite de caractères qui formaient le texte, sans lire les mots. Ce n'était pas très différent d'un Bob Dumont, finalement. Des signes et encore des signes. Des petites choses noires sur fond blanc.

Un livre.

– Delafeuille ?

Delafeuille leva les yeux. Deux Jaunes vêtus d'élégants costumes Armani le toisaient avec ironie.

– *Monsieur* Delafeuille, répliqua Delafeuille, un peu agacé. Quelles sont ces façons ?

– Les nôtres, ricana le Jaune de droite.

– Vous allez nous suivre, Delafeuille, répliqua le Jaune de gauche.

– Des clous, hurla Delafeuille. D'abord, je ne vous connais pas. C'est Dumont qui vous envoie ? (Delafeuille haussa les épaules, referma rageusement son bouquin.) Non, évidemment, c'est John Davis. Ma parole, vous portez des costumes Armani ! Il se fout de moi, en plus !

– Qu'est-ce qu'il raconte ? demanda le Jaune de droite à son copain, intrigué par la ruse de Delafeuille.

– Probablement un code, fit l'autre Jaune, qui semblait le plus gradé. Nous n'avons plus le choix, employons la manière forte !

– Quelle ruse ? Quelle manière forte ? demanda Delafeuille en essuyant la sueur qui perlait à son front.

Mais déjà les Jaunes entraient en action. Ils bondirent sur l'infortuné Delafeuille qui, peu rompu aux techniques de combat corps-à-corps, ne put opposer aucune résistance. En moins de cinq secondes il fut ceinturé, plaqué au sol, la manche de son imperméable élimé relevée au-dessus du coude. Une seringue hypodermique jaillit dans la main d'un des Jaunes. Avec un rire diabolique, il l'enfonça profondément dans la saignée de l'infortuné éditeur.

5

Au même instant, décontracté et légèrement buriné, Bob Dumont franchissait la porte du plus célèbre établissement de Bangkok, le Tigre du Bengale. Une plaque tournante pour tous les forbans d'Asie : prostitution, roulette russe, belote coinchée y étaient monnaie courante. Conformément à ses instructions, Bob comptait bien y retrouver le dénommé Oleg, son informateur.

Très vite, il repéra le gros Russe, dont le crâne lisse accrochait le moindre néon. Il était assis à la table de blackjack, en compagnie d'une Eurasienne au décolleté généreux. Dumont le rejoignit souplement. Au passage il eut un regard de connaisseur pour la fille, une belle plante généreusement siliconée.

– Salut Bob, fit Oleg sans le regarder.

Il eut un hochement de tête en direction de l'Eurasienne.

– Vous la trouvez à votre goût ?

– J'ai vu pire, dit Bob. Qu'est-ce que vous faites à Bangkok ?

– J'allais vous poser la même question, sauf qu'on est à Singapour.

– C'est pareil. C'est exotique, dangereux et il y a des pousse-pousse et des bambous partout. N'essayez pas de changer de sujet.

Le Russe éclata d'un rire tonitruant.

– Sacré Bob ! rugit-il en lui administrant une claque amicale dans le dos, on peut dire qu'on ne vous la fait pas facilement.

– Bien observé, Oleg, reconnut Bob en se massant l'épaule. Que pouvez-vous me dire sur le tsunami ?

– Tsunami... Donc vous travaillez toujours pour la Compagnie ?

– Quand ça me chante. Répondez à la question.

– C'est que je ne vois pas de quoi vous parlez.

– Allons donc. Si quelqu'un ici comprend quelque chose à tout ce micmac, c'est vous, Oleg. N'essayez pas de me doubler.

– En aucun cas, fit Oleg en tirant sur son cigare. Vous me connaissez, Bob. Si je savais quelque chose, je vous le dirais.

Malgré lui, Dumont se sentit gagné par une sorte de malaise. Tout cela n'était pas très rigoureux. Il avait la fâcheuse impression que le Russe ne savait rien. Mais alors, quel était l'intérêt de ce passage ? La couleur locale, peut-être ?

– Et comment ça marche, avec Delafeuille ? interrogea Oleg d'un air rusé.

Dumont eut un nouveau regard pour l'Eurasienne, qui s'était imperceptiblement déplacée et le frôlait. Mais la conversation ne semblait pas l'intéresser, en tout cas pas autant que Bob lui-même. Bob lui fit un sourire de principe, toisa à nouveau le Russe.

– Mademoiselle pourrait peut-être aller se refaire une beauté ?

– *Tarkovski !* intima sèchement le Russe à la fille.

Il accompagna cette invective peu amène d'un geste sans ambiguïté. L'Eurasienne haussa les épaules. Elle sourit une dernière fois à Bob et tourna les talons. Les deux hommes prirent quelques secondes de leur temps pour la regarder onduler de la croupe en direction des grandes portes à tambour. Oleg soupira.

– Toujours boulot-boulot, hein, Bob ?

– Comment êtes-vous au courant, pour Delafeuille ?

– Vous savez bien, Bob. Rien de ce qui se passe à Singapour ne peut m'échapper. C'est d'ailleurs pour ça que vous faites appel à moi, non ?

Dumont prit une Gold dans son paquet, craqua une allumette sur la table, sans répondre. Il avait les lèvres sèches.

– Intéressant personnage, ce Delafeuille, continua Oleg. Un éditeur de bonne facture, à l'origine. Excellente maison. Passé prestigieux, ou presque. Une page des lettres françaises. Vous le saviez ?

– C'est moi qui pose les questions, prononça Bob sans émotion.

– Littérature générale exclusivement, reprit Oleg sans se troubler. Du *mainstream*, comme ils disent maintenant. Et même, tenez-vous bien, une collection entièrement dédiée à la poésie. Des pages blanches, ou presque. De très jolies plaquettes, à l'ancienne. Des in-quarto qu'il fallait ouvrir au coupe-papier. Voilà, en deux mots, d'où vient Delafeuille. Son terroir. Je vous parle d'une époque où le pognon n'avait pas encore tout dévoré…

– C'était le bon temps, reconnut Bob. (Ses yeux se plissèrent.)

– Un sacré numéro, ce Delafeuille. Protégeait ses auteurs bec et ongles, vous savez. Son écurie. Des amis, presque. Une bande d'écorchés dadaïstes, de Polonais polyglottes et de peintres reconvertis aux cheveux sales. De vrais poètes, bien pauvres, qui vivaient dans des chambres de bonne sans sanitaire. Septième sans ascenseur. Quelques-uns avaient du talent. Vous dire s'il a fait du chemin, le bon Delafeuille.

– Que s'est-il passé ?

Oleg regarda autour de lui. Il ne semblait pas aussi tranquille qu'il essayait de le paraître. Bob jeta un coup d'œil aux joueurs, ne remarqua rien de suspect.

– Delafeuille était un fin lettré, reprit Oleg en regardant l'extrémité de son cigare. C'était aussi un pragmatique. Il y en avait parmi ses poulains qui tiraient à moins de cinq cents. Je ne sais pas si ça vous évoque quelque chose, moins de cinq cents exemplaires. Mais il ne voulait pas céder sur la qualité. Alors il a fait le grand écart : pour préserver l'intégrité de ses amis poètes, il a décidé de se lancer par ailleurs dans la littérature au kilomètre. Le polar marchait plutôt bien, à l'époque. Je vous dis polar au sens large, hein. Des *quickies*, une gonzesse à poil sur la couverture. C'est à cette époque qu'il s'est acoquiné avec « John Davis ».

– Continuez, fit Dumont.

– Comment ces deux-là se sont rencontrés, c'est là le mystère.

– Nous finirons par le découvrir.

– N'importe, John Davis se faisait fort d'abattre un bouquin tous les deux mois. Il a tenu parole. Enfin, quand je dis bouquin…

– Ensuite ?

– Eh bien, même cet équilibre habile n'a pas passé le cap de la décennie. Delafeuille n'a pas senti le vent tourner. Ses auteurs ont commencé à se barrer. Au même moment, un groupe multimédia lui est tombé dessus.

– Multimédia, tiens, tiens…

– Oui.

– Il me faudra des noms.

– Quelle importance ? Ils se ressemblent tous. Téléphonie, câble et satellite, etc. Donc, ils ont fait à Delafeuille des propositions qu'il ne pouvait pas refuser. Pendant un temps, il leur a servi de caution culturelle. Puis il y a eu des changements dans l'organigramme. Ces choses-là arrivent tout le temps. Ils en liquident un, ils en mettent un autre moins gourmand à la place.

– Oui. Je reconnais leurs méthodes.

– Bref, un transfuge de chez Procter est arrivé à un poste-clé et il a décidé que les plaquettes de poèmes c'était pas rentable. Vous savez, pour eux, le livre n'est qu'un produit parmi d'autres.

– Oui, j'ai eu cette information.

– Bien joué, apprécia Oleg. Toujours est-il, les gentils investisseurs réclament du 15% à la fin du mois. Comme si on était dans le pétrole. Vous savez à combien ça tire, la poésie contemporaine?

À nouveau, Oleg regarda autour de lui avec inquiétude. Il y avait foule. Impossible de tenir tout le monde à l'œil. Bob eut un mauvais pressentiment.

– Et… Comment a réagi Delafeuille? interrogea-t-il, tous les sens aux aguets.

– Plutôt bien, compte tenu des circonstances. Encore une fois, c'est un pragmatique. Et puis, tout ça n'est pas arrivé en un jour. Je crois qu'il en a bavé, cela dit. Il n'est plus décisionnaire. Ils lui ont collé dans les pattes un petit jeune homme, frais émoulu de l'école de commerce du coin, qui applique à la lettre ce qu'on lui a appris en classe. La lessive, quoi. Omo ou Proust, pour eux, c'est du pareil au même.

– C'est amusant, ce que vous venez de dire.

– Oui, bon. Je ne l'ai pas fait exprès.

Oleg passa une main sur sa nuque moite. Bob écrasa sa cigarette.

– Pour en revenir à Delafeuille?

– Alors, vous ne comprenez pas?

– Je veux savoir ce que vous savez, fit Dumont durement.

– Eh bien, qu'est-ce que vous croyez ? Lambeau par lambeau, ils l'ont dépossédé de sa politique éditoriale. 15 % ce n'est pas rien. Ils ont fini par lui expliquer ce qu'il fallait faire. La série des Bob Dumont, qu'il avait envisagée comme une activité annexe, des réserves pour l'hiver si vous voulez, constitue aujourd'hui l'essentiel de sa production. Je crois qu'ils songent à se débarrasser de lui, au final.

– Qui ça, « ils » ? Les Jaunes ?

– Ses patrons, bien sûr. Le groupe machin. Vous comprenez pourquoi il en a assez de vos costumes de lin clair, et de marque indéterminée.

– De chintz pur, rectifia Bob.

– Si vous voulez. En tout cas, Delafeuille est un homme aux abois. La survie de son entreprise tient à un fil, et ce fil c'est vous.

– Quel rapport avec le tsunami ?

– Quel tsunami ? La situation est grave. Vous êtes neuneu, ou quoi ?

Oleg parcourut à nouveau la salle des yeux. On eût dit un gros animal qui sent d'instinct la présence des chasseurs.

– Je ne suis pas tranquille, ici, avoua-t-il. J'ai l'impression que nous sommes surveillés.

– Vos nerfs flanchent, Oleg, ricana Dumont.

– Peut-être… Il y a trop longtemps que je fais ce métier.

– Pourtant il va falloir que vous teniez le coup encore quelque temps. J'ai besoin d'en savoir plus. C'est Igor qui est derrière tout ça ?

Oleg suait.

– Écoutez…

Les Jaunes autour d'eux hurlaient, emportés par une partie très disputée. Dumont devina, plus qu'il n'entendit, le sifflement caractéristique d'un projectile fendu en 4. La fraction de seconde suivante, Oleg s'affaissait sur son énorme postérieur, un petit trou rouge au milieu du front.

– Damnation, fit Dumont.

– N'oubliez pas, râla Oleg. Delafeuille…

Il bascula sur le côté. Dumont rajusta sa cravate avec décontraction et s'éloigna discrètement du cadavre au milieu des cris.

6

Le bon Delafeuille, cependant, n'en menait pas large. Émergeant avec difficulté du sommeil nauséeux dans lequel l'avait maintenu la drogue jaune, il vit tout d'abord deux gros rats, qui filèrent entre ses jambes en couinant. Il voulut bondir en arrière. Sa tête heurta aussitôt une surface dure. Levant les yeux, il vit qu'il était enchaîné au mur. Il s'ébroua, regarda autour de lui. Il se trouvait dans une crypte mal éclairée, au sol jonché de squelettes en décomposition. Malgré lui, il laissa échapper un cri.

– Mon Dieu, murmura-t-il, à bout de forces. Encore un cliché !

Il sursauta. Un rire froid venait de retentir à ses oreilles. Les nerfs tendus comme des cordes à piano, le cou érectile, Delafeuille fouilla du regard la pénombre de la crypte. Les yeux de l'éditeur, usés par la lecture de manuscrits invendables, s'habituaient peu à peu à l'obscurité.

Un antique talkie-walkie posé sur une chaise de jardin crachotait en face de lui, visiblement posé là à son intention. Les deux molosses qui l'avaient précédemment molesté se tenaient debout de chaque côté de la chaise, bras croisés, imperturbables. Ils avaient laissé tomber la chemise (ainsi que leurs costumes

Armani) et affichaient des torses puissants, couverts de tatouages hideux.

– De mieux en mieux, remarqua Delafeuille. J'arrive pas à croire à quel point c'est *cheap*.

Les deux Jaunes échangèrent un regard.

– *Cheap* ?

– J'espère que vous excuserez les manières quelque peu primitives de mes sbires, nasilla la machine. Il est difficile, par les temps qui courent, de trouver du personnel qualifié.

– Jusque dans le dialogue, bien sûr, soupira Delafeuille. Pas sûr que changer la maquette suffise… Et à qui ai-je l'honneur ?

– Peut-être avez-vous déjà entendu parler de moi. Mon nom est Igor.

– Évidemment, j'ai déjà entendu parler de vous. Trop souvent à mon goût, permettez-moi de vous le dire.

– Vous m'intéressez, crachota la machine après un instant de silence.

– Quelle que soit l'intrigue, ou ce qui en tient lieu, on est sûr de vous voir jaillir à un coin de chapitre, s'énerva Delafeuille. Au fin fond du Kenya, sous les glaces de l'Arctique, sur la planète Mars… C'est toujours vous qui êtes derrière tout ça. Ah, je ne vous félicite pas !

– Mais dites-moi Delafeuille, vous en savez trop.

– Je vous demande pardon ?

– Comment avez-vous eu ces renseignements ?

– Quels renseignements ?

– Très peu de gens savent que j'ai dirigé le clonage des crocodiles mutants du Kenya. À plus forte raison que j'ai œuvré à la création d'une brigade inuit de zombies…

– *Mission au pôle*, même pas mille exemplaires, grogna Delafeuille.

– Et mon usine de cyborgs spatiaux !

– *Dumont sur orbite*. Il aurait dû y rester.

– Je ne vous le fais pas dire ! Dans tous les cas, vous êtes un témoin gênant. Il va falloir vous éliminer !

– Plaît-il ? demanda Delafeuille.

La panique se lisait dans ses doubles foyers. Igor, via le système d'amplification para-inversé, eut un rire glacé.

– Faites-moi ça proprement, les gars.

Dans un ultime crachotement, le talkie-walkie s'éteignit.

Les deux sbires jaunes échangèrent un sourire.

– Il a dit proprement, Mô.

– Attendez, attendez, bafouilla Delafeuille. Je ne fais pas vraiment partie de l'histoire, vous savez. En fait, ça va vous paraître surréaliste, mais je suis simplement l'éditeur, heu, l'éditeur de la série, voilà. La vérité c'est que je me suis embusqué dans les premières pages, pour améliorer le produit avant que ça dérape.

– Ils disent tous ça.

– Non, ils ne disent pas tous ça, hurla Delafeuille. Votre mauvaise foi est incroyable ! Les autres sont bien censés être ici dans l'histoire, mais pas moi. Alors libérez-moi et allez vous en prendre à quelqu'un d'autre.

À cet instant il vit l'éclat du rasoir dans la main de Mô, le sbire. La lame lui en sembla excessivement affûtée.

– Mais je suis l'éditeur ! Vous ne comprenez pas ! Si je meurs, ce bouquin n'ira jamais jusqu'aux points de vente.

Les Jaunes échangèrent un regard éteint.

– Quel bouquin ? demanda Mô.

– Mais cette histoire, ce qui se passe ici et maintenant. Votre existence même en dépend ! Vous resterez dans un tiroir ! Tous vos faits et gestes seront nuls et non-avenus.

Nouveau regard entre les deux sbires. Finalement, celui qui tenait le rasoir haussa les épaules.

– En ce cas, vous ne risquez rien. Même si nous vous tuons, cela ne risque pas de vous arriver.

– C'est absurde, ce que vous dites.

– Je ne vous le fais pas dire, Delafeuille. Bon, assez causé. On commence par la langue ?

Le sbire jaune fit un nouveau pas vers Delafeuille, tendit une main aux dimensions monstrueuses, attrapa la mâchoire de l'éditeur et tira vers le bas.

Une déflagration emplit soudain la caverne. Deux, trois déflagrations presque simultanées, que malgré son peu d'expérience Delafeuille identifia assez vite comme des coups de feu tirés à bout portant. La pression qu'exerçait le sbire mollit dans la seconde. Il s'effondra, sa peau jaune maculée de sang. L'autre gisait déjà, les bras en croix, le crâne perforé de part en part.

– Ça va, m'sieur Delafeuille ?

– Dumont !

C'était Dumont effectivement, très souple. Il sortit de l'ombre dans laquelle il s'était habilement dissimulé, son Beretto bien en main.

– Une chance pour vous, Delafeuille, que j'aie accroché un mouchard à votre revers afin de surveiller vos déplacements.

– Bien que ce soit une grosse ficelle, soupira Delafeuille, je dois dire que j'apprécie plutôt ce rebondissement.

– On dirait que j'arrive à temps.

– Oui enfin, vous auriez pu arriver avant, surtout ! J'ai failli y passer !

– Et le suspense, qu'est-ce que vous en faites ?

– Détachez-moi au lieu de dire des co… proférer des inepties.

– C'était insoutenable. Reconnaissez-le, au moins. Une scène à faire suer le lecteur le plus aguerri. Pas mal, non ?

Delafeuille regarda Dumont. On pouvait lire dans ses yeux une immense lassitude. Cela échappa à Dumont qui, bien que perspicace, restait concentré sur son enquête.

– J'ai besoin d'un verre, dit finalement Delafeuille avec une absence d'émotion qui disait assez à quelles extrémités il était arrivé.

– Bonne idée, admit Dumont. J'ai repéré un petit bistrot en venant. Juste à l'angle après le feu. Ça avait l'air sympa.

Dix minutes plus tard, les deux hommes étaient assis à la terrasse du petit bar de l'angle et éclusaient un pastis bien mérité.

– Nous voilà gros jean comme devant, marmonnait Delafeuille, le nez dans son troisième verre.

– Ouais, fit Dumont. Igor a réussi à s'échapper une fois de plus et nous n'avons plus une seule piste à explorer.

– Sortez un peu le nez du guidon, s'emporta Delafeuille avec un grand geste pour le paysage. Je parle du texte. Nous en sommes toujours au même point. Le style n'a pas évolué, les péripéties sont confondantes. Tout cela est cousu de fil blanc, du sol au plafond. Rien ici ne correspond aux préoccupations actuelles des gens.

Dumont eut une moue dubitative.

– Je vous trouve pessimiste sur ce coup-là. Après tout, le monde ne change pas autant que vous semblez le dire. Malgré ce que vous m'avez expliqué, je crois que les gens ont toujours envie de partir dans des pays exotiques, dans des hôtels de rêve, et de vivre des aventures exaltantes, avec des jolies femmes.

Delafeuille, effondré, se servit un quatrième pastis, renonça à mettre de l'eau dedans.

– Davis ! Ce coup-ci, je vais le tuer ! Il est *out of control* !

– Personnellement, j'ai trouvé ce dernier chapitre passionnant, même si j'ai eu du mal à m'en tirer.

– Vous rigolez ou quoi ? C'est tout simplement débile. Il ne contrôle plus rien ! Il est passé à l'acide pur ! (L'éditeur essuya son front moite d'un revers de sa main tremblante.) Dieu sait ce qui nous attend maintenant…

– Oui, j'avoue que je donnerais gros pour être au courant, reconnut Dumont. Ah, savoir ce qui se trame dans la tête de John Davis…

– Qu'est-ce que vous dites ?

– Vous en faites une tête… Je dis…

– Bon sang mais c'est bien sûr !

– Qu'est-ce qui se passe, Delafeuille ? Vous avez les yeux fixes.

– Nous perdons notre temps à Singapour, Dumont. Nous devrions déjà être dans le Quercy !

– Vous pensez qu'Igor a une base secrète là-bas ?

– Cessez de dire des âneries. C'est John Davis qui a une base là-bas, et c'est *lui* le problème. Depuis le début, c'est à lui que nous avons affaire. Si je parviens à lui faire entendre raison, alors tout changera pour le mieux. J'ai eu tort de m'attaquer directement au produit. Je dois convaincre Davis, coûte que coûte.

– C'est vrai que, remarqua Dumont en prenant une Gold dans son étui, si quelqu'un connaît les intentions d'Igor, c'est bien

John Davis. Je n'avais pas pensé à ça. Finalement, nous formons une bonne équipe, Delafeuille. Cette enquête qui menaçait de s'enliser, par un retournement de situation tout à fait inattendu, va passer la vitesse supérieure.

– Dumont, vous me navrez.

– Pourquoi ?

– Pour rien. Vous avez réglé l'addition ?

– Pas besoin, c'est la fin du chapitre. Je pratique beaucoup ce genre d'ellipse, comme ça je ne dépense presque rien.

– Bien vu. Moi-même il faut que je fasse attention avec mes notes de frais.

– En route pour le Quercy !

7

J'étais debout depuis une petite heure quand ils se sont pointés. Pourtant la journée avait bien commencé. C'était la première vraie journée de printemps et j'étais décidé à me la couler douce. L'air piquait encore un peu mais il devait être possible de rester assis dans le jardin, avec un peu d'imagination et une petite bière.

Je me suis gratté là où c'est le plus agréable, j'ai glissé mes pieds dans mes tongs et je suis allé jusqu'au frigo. Le soleil se répandait déjà partout dans la maison. Aucune envie de bosser, il y avait peut-être un rapport. À l'autre bout de la pièce, j'avais une vue imprenable sur la feuille blanche que j'avais glissée dans le chariot la veille, juste avant d'aller me coucher. Elle bougeait légèrement dans le courant d'air. J'avais bouclé les six premiers chapitres. Je pouvais peut-être m'octroyer une petite pause.

Donc j'étais vautré dans le grand transat, celui avec le tissu à rayures, quand je les vis tous les deux, au fond du potager. Un grand type bronzé et musclé qui ne me disait rien qui vaille et un nain à moustaches, apparemment inoffensif. Ils se tenaient là, debout, étrangement immobiles. Deux êtres venus d'ailleurs, comme silencieusement tombés du ciel. En fait ils venaient probablement de passer par la petite porte du fond, celle que je dois absolument faire réparer, de préférence avant l'hiver.

– John Davis ? interrogea le nain d'une petite voix flûtée.

– Connais pas, dis-je.

Autant être prudent. Même à la campagne, on n'est pas à l'abri de tout. C'était peut-être ces messieurs de la redevance.

– Ça va, ça va, grogna le nain. Épargnez-nous ces balivernes. Vous ne me reconnaissez pas ? Delafeuille.

– Delafeuille…

– Parfaitement, Delafeuille, des éditions Delafeuille. Ça vous dit quelque chose ?

Sans se soucier de savoir ce que je pouvais bien en penser, le nain approchait en piétinant mes salades, suivi par son acolyte buriné.

– Vous tombez bien, dis-je à tout hasard. Où est mon chèque ? Et puis qui c'est, ce type avec vous ?

– C'est Bob Dumont. Votre créature.

Il disait ça sans rire. Des dingues. Aucun doute.

– Bob Dumont est un personnage de fiction, dis-je aussi calmement que possible. Il n'existe pas, si vous préférez.

– Davis, reprit le nain, vous savez parfaitement, puisque vous êtes l'auteur de cette chose, que je me suis introduit dans la narration pour voir sur le terrain ce qui pouvait encore être sauvé. Vous savez très bien que j'ai risqué ma peau cent fois, que Dumont m'a tiré des griffes des sbires mongols d'extrême justesse et que nous avons décidé de venir ici directement, lui dans l'intérêt de son enquête, moi parce que tout ceci doit cesser et qu'il faut qu'on parle. Vous le savez très bien puisque vous êtes l'auteur de ces lignes.

On n'a pas tous les jours l'occasion de rigoler, dans le Quercy. C'est vrai que cette petite vie calme me convient parfaitement, mais à la longue, un peu d'imprévu ne peut pas faire de mal. Et puis, le grand type n'avait pas l'air commode. Il n'avait pas prononcé un mot et regardait autour de lui d'un air un peu éteint. À première vue, c'était un grand con bronzé comme on en trouve plein les stations de ski. Mais il avait cet étrange regard d'acier.

Je décidai de gagner du temps.

– Ça vous dirait, une petite bière ?

Delafeuille sembla se détendre légèrement, s'épongea le front avec un grand mouchoir à carreaux.

– Ah, c'est pas de refus, dit-il. On est venus à pied depuis la gare. Une trotte. Et puis mine de rien, il en fait une tiède.

– 26 degrés. Ils l'ont annoncé ce matin.

Je suis allé chercher deux autres bières dans le frigo. Pour une raison ou pour une autre, je n'étais pas vraiment inquiet. Juste un peu tendu. Quelque chose me disait que ma tranquillité était en train de prendre la tangente.

Je suis revenu avec les bières et nous avons trinqué très agréablement sur la terrasse. Même le grand type bronzé s'est un peu détendu, il s'est mis à se balancer sur sa chaise, et au bout d'un moment j'ai entendu le son de sa voix :

– On n'est pas mal ici, qu'est-ce que vous en dites, Delafeuille ?

– Oui, reconnut Delafeuille en exhibant à nouveau son grand mouchoir à carreaux. Belle journée.

C'était effectivement une journée tout ce qu'il y a de paisible, une journée à se prendre d'amitié pour une grosse mouche. Ce genre de temps a tendance à me mettre dans d'excellentes dispositions envers mon prochain. D'ailleurs les circonstances me permettaient de vérifier à quel point j'étais devenu, au contact du grand air, un spécimen d'affabilité.

– Bon, alors. Que puis-je faire pour vous ? m'enquis-je aimablement.

– Vous êtes bien John Davis ?

– J'écris sous ce pseudonyme, oui.

– Je suis Delafeuille. Votre éditeur. Vous vous souvenez de moi, tout de même ?

– Écoutez, c'est possible. Il y a longtemps que nous nous sommes vus. Peut-être pour la sortie de *Péril au Pérou*… Vous trouviez qu'il y avait trop de crocodiles.

– Oui, oui exactement.

– Voyons… Oui, ça me revient, maintenant… Vous prétendiez que chaque fois que je ne savais pas comment m'en sortir avec un personnage, il se faisait bouffer par un crocodile.

– Oui. Au quinzième, j'ai craqué.

– Non, non… Si je me souviens bien, vous avez craqué parce que vous avez lu dans un guide d'histoire naturelle qu'il n'y avait pas de crocodiles au Pérou.

– Oui. Ouais, c'est exact.

– Enfin baste, il y a une paye. J'habitais encore Paris, à ce moment-là…

– Oui. Et vous aviez le téléphone.

– Vous n'aviez pas cette moustache…

– Je vous garantis que c'est bien moi.

– Admettons. Après tout, il faut une raison sérieuse pour s'aventurer dans le Quercy. Que puis-je faire pour vous ?

– Où est Igor ? demanda soudain l'autre type avec un fort accent américain qu'il n'avait pas la seconde d'avant.

Je dus regarder Delafeuille d'un air un peu stupide.

– Je ne suis pas sûr de comprendre…

– Vous êtes actuellement en train d'écrire le 110e Bob Dumont, *L'Espion qui venait du livre.*

– Oui merci, je sais.

– Il est pire que les autres. Je ne croyais pas ça possible, mais bon. Ne nous leurrons pas, le fait est. Les clichés se bousculent, les situations les plus absurdes se télescopent, c'est écrit avec les pieds, les personnages ressuscitent, personne ne sait où ça va, c'est le bordel, passez-moi l'expression…

Je décidai d'ignorer ce ton agressif. Delafeuille, de toute façon, n'avait jamais eu un mot aimable pour mon travail. C'était dans sa nature. Je pris une bonne gorgée au goulot, lui souris :

– Faudrait que je m'y mette, justement. Ça ne va pas se finir tout seul.

– Écoutez Davis, ne vous braquez pas. Mon intervention ne vise qu'à améliorer le produit. Les ventes sont en chute libre, et ça, c'est une réalité que nous ne pouvons pas contourner, ni vous, ni moi. J'ai agi en tant que *script doctor* (12). Qu'est-ce que c'est que ce douze ?

– Quel douze ? Vous ne croyez pas qu'il eût été plus simple, plus rapide et plus efficace de me demander des corrections par courrier ?

– Vous plaisantez ? Vous n'obtempérez jamais. Depuis le temps que cet énergumène devrait se balader en Armani !

– Et donc vous, en tant que Delafeuille, vous dites que vous vous êtes introduit…

– Ben tiens ! J'ai décidé de prendre le mal à la racine. Je me suis embusqué à la page 27, ou 15 je ne sais plus, et me voilà.

– Mmmh…

Je ne pigeais pas tout. Ou plutôt, je comprenais trop bien. Ma première hypothèse était la bonne. Que ce petit homme fût ou non Delafeuille, ils avaient pété un câble.

– Et donc lui, c'est Dumont ?

– Appelez-moi Bob, fit le grand con en clignant de l'œil.

– Vous voyez bien, triompha Delafeuille. Qui d'autre pourrait aligner des répliques pareilles ? Et ce ridicule accent américain ? Alors ?

– Effectivement…

– Où est Igor ?

Le nabot se tourna vers le grand basané, un peu agacé semblait-il.

– Dumont, qu'est-ce que vous diriez d'aller faire un tour dans la campagne environnante ?

– Pour quoi faire ?

– Pour voir si j'y suis. Je dois essayer de ramener cet homme à la raison, et il est impossible d'avoir une conversation sensée avec vous.

Ce nain hystérique semblait réellement penser ce qu'il disait. C'est d'ailleurs le propre de la folie : ne pas douter.

– J'ai moi aussi quelques questions à lui poser, fit l'autre, tout aussi tranquillement. Vous semblez l'oublier.

– Dumont, vos objectifs sont fictifs, donc secondaires. Je suis moi dans le monde réel. Si j'arrive à mes fins, cela servira forcément les vôtres. Alors que le contraire, pas du tout.

– J'ai l'impression, m'sieur Delafeuille, que vous êtes encore sous l'effet de la drogue jaune. Vous essayez de me retarder dans mon enquête.

– Dumont, vous me filez des boutons. Igor n'existe pas, donc peu nous importe où il se cache. Est-ce que vous comprenez les mots qui sortent de ma bouche ?

– Si Igor n'existe pas, comment a-t-il fait pour vous enlever et vous soumettre à la torture ?

– Parce que je me suis introduit dans la narration pour essayer de la faire bifurquer dans le bon sens, et vous le savez très bien !

– Tout ce que je sais, c'est que j'aurais mieux fait de vous laisser tomber.

– Mais ne prenez pas la mouche comme ça, enfin ! Je vous croyais plus dur que ça.

– Mesquin, en plus. Vous n'avez honte de rien.

– Si je vous dérange, dis-je avec douceur, n'hésitez pas à me le faire savoir. Parce que justement, j'ai du boulot.

Ils m'ont regardé avec surprise, je crois qu'ils m'avaient complètement oublié. Des barges. Ils avaient l'air trop fous pour être dangereux, mais c'était peut-être un a priori de ma part.

Le petit a retrouvé ses esprits le premier. Il a attrapé l'autre par le revers de son costume pour l'obliger à se pencher et lui causer dans l'oreille.

– Dumont, voilà ce qu'on va faire. Je me charge de lui. Je connais bien ses ruses, je saurai le faire parler. Pendant ce temps, vous explorez les environs. Il y a sûrement des indices qui traînent.

– OK. Vous voulez que je vous laisse mon Beretto ?

– Pas la peine. Je vais me débrouiller.

"Dumont" me regarda de haut en bas, avec une insistance déplaisante.

– Ça va. Il n'a pas l'air dangereux.

Je faillis laisser échapper un rire nerveux. À bout de patience, le nabot poussa le grand crétin en direction du jardin. Celui-ci s'éloigna en courant, grotesquement courbé en deux, comme s'il avançait sous un tir de mortier, écrasant à nouveau mes plants avant de disparaître par la petite porte au fond du potager.

Delafeuille posa ses fesses, s'épongea encore une fois avec son mouchoir à carreaux. Il semblait disposer d'un registre limité question gestuelle.

– Quelle fatigue, ce Dumont. Comment pouvez-vous le supporter, après toutes ces années ?

Je décidai de jouer le jeu. D'ailleurs je ne voyais pas quoi faire d'autre.

– Mais… c'est lui qui me supporte. Financièrement, en tous cas.

– Passons là-dessus. (Il eut un geste pour chasser les mouches, le sujet semblait déplaisant.) Je voulais dire, c'est un personnage tellement unidimensionnel. Ses répliques débiles, toujours les mêmes. Son Beretto de pacotille, son racisme crétin, et puis, cette façon ridicule d'objétiser les femmes. C'est *has been*.

– Vous trouvez ?

– Davis, vous êtes tellement seul ici, vous ne vous rendez pas compte. Le monde a bougé.

– Écoutez, Delafeuille, j'ai l'impression que ce débat est parti pour durer un bout de temps, et finalement c'est pas si souvent que j'ai de la visite. Restez donc à déjeuner.

– C'est pas de refus. J'ai été malade dans l'avion, et depuis j'ai rien avalé.

– Par contre, mon frigo est vide. Je n'ai pas l'habitude d'avoir du monde, faudrait qu'on aille faire des courses.

– D'accord.

– Je vous demanderai de participer un peu, parce que je n'ai pas reçu mon dernier chèque. D'ailleurs vous le savez très bien, si vous êtes Delafeuille.

– Bon bon.

– Bon, fis-je avec entrain. Je vais essayer de démarrer la voiture.

– Très bonne idée. Pourquoi dites-vous « essayer » ?

– Pour rien. Tout va très bien se passer.

– Vous avez du papier et un crayon ?

– Oui, je suis écrivain. C'est pour quel usage ?

– Faut que je lui laisse un mot, sinon il va s'inquiéter.

Je lui fournis le matériel demandé. Machinalement, je jetai un œil par-dessus son épaule tandis qu'il écrivait, d'une petite écriture nerveuse :

"Dumont, nous n'avons pas été enlevés par les Jaunes, nous sommes allés faire les courses."

8

Delafeuille avait les doigts crispés sur la boîte à gants. C'était assez douloureux à regarder.

– Qu'est-ce qu'on est mal assis ! C'est pire que dans l'avion.

– Vous voyez, Delafeuille, qu'un univers ouaté, superficiel, peut avoir ses avantages. Imaginez-vous dans une décapotable gris métal, intérieur cuir, conduite d'une main experte par une blonde bien balancée…

– On ne dit pas « bien balancée ». Plus personne ne s'exprime comme ça.

– Qu'est-ce qu'on dit, alors ?

– Gaulée. Je crois. Faut que je vérifie. Nous avons des études.

– Ouais, bref. Dans deux ans on dira autre chose. Faites plutôt confiance au recyclage.

– Vous n'avez jamais envisagé de changer de voiture ?

– Ah, je ne vends pas assez pour ça.

– C'est bien ce que je veux dire.

– Vous savez, pour l'usage que j'en ai, celle-ci me convient très bien.

– Mais enfin, Davis, c'est une Simca !

– Oui. Une très bonne marque.

– Parlons-en. Ça ne m'étonne pas que vos personnages n'aient aucune conscience de ces choses-là. Dumont ne connaît même pas Armani.

– Un mafieux ?

– Taisez-vous. Vous me désespérez. Il ne connaît pas Armani, non plus que Versace, Nike ou Breitling. Il se balade tranquillement dans un monde d'élégants costumes clairs, de baskets à semelles de crêpe… Un monde sans aucune référence marchande…

– Vu d'ici, ça n'a pas l'air mal.

– Et maintenant, ça ! La première marque qui vous tombe sous la plume, et il faut que ce soit une Simca !

– Je n'y peux rien, c'est ma voiture.

– Et pour couronner le tout, nous sommes en panne !

Là, je ne pouvais rien dire. Nous étions bel et bien immobilisés au milieu du chemin, à huit cents mètres à peine de la maison.

– Je trouve que vous prenez les choses très à cœur, Delafeuille. Enfin, regardez ce beau soleil. Comment pouvez-vous être désespéré par un temps pareil ? Ici, dans ce paysage verdoyant, miraculeusement préservé ?

Delafeuille se tortillait sur son siège. Par acquit de conscience, je donnai un dernier tour de clé, mais elle ne voulait rien savoir.

– Elle a ses jours, dis-je en retirant la clé du contact.

– Pas étonnant que vos bouquins soient à ce point déconnectés de toute réalité. Vous-même, vous ne vivez pas dans le monde réel.

– Vous plaisantez ? Ici, en pleine nature ?

– On ne peut même pas vous joindre par e-mail.

– Pas de modem, pas de portable, pas de téléphone. Il faut m'approcher en tant que totalité charnelle et palpable, ou pas du tout.

– C'est de l'obscurantisme !

– Bof. Pourquoi ça vous énerve à ce point ?

– Mais parce qu'il est très difficile de travailler avec vous ! Et moi, je suis obligé de travailler avec vous.

– Le contrat que nous avons signé me paraît formidable.

– Vous pouvez le dire. Il est unique dans les annales. Qu'est-ce que j'avais bu ce soir-là.

– Et moi donc. C'est à peine si je me souviens de vous.

Sans prévenir, Delafeuille a soudain bondi de son siège et m'a claqué la portière au nez. Je me suis permis un petit soupir de lassitude. J'avais oublié combien le comportement hystérique de mes contemporains, sujets à des stimuli aussi divers qu'absurdes, pouvait se révéler épuisant.

Je le rejoignis comme il plongeait le nez dans le moteur, tenant inutilement le capot à bout de bras.

– Vous pensez que ça vient de l'alternateur ?

– Je ne sais pas, dis-je sincèrement. Je ne sais pas ce que c'est, l'alternateur.

– Davis, vous ne pouvez pas prétendre conduire une antiquité pareille et n'y connaître que pouic en mécanique.

– Et pourtant.

– Je ne peux plus vous écouter. Qu'est-ce qu'on va faire, maintenant, d'après vous ?

– La pousser.

Delafeuille laissa retomber mon capot avec un grand bruit qui fit s'envoler une escadrille d'étourneaux sur la gauche. Il avait les yeux fixes, on avait l'impression très nette qu'il venait de prendre une balle.

– Tout ça pour une botte de carottes, une batavia et un demi-kilo de vache folle.

– Comment pouvez-vous manger des saloperies sous blister, Delafeuille ?

– Parce que c'est pratique, c'est rapide. Vous croyez que j'ai le temps de me préoccuper de cuisine ?

– Je ne sais pas. Quelles sont vos autres préoccupations ?

– Proposer de bons produits aux gens. C'est pour ça qu'on me paie. On voit bien que la notion de rentabilité vous échappe complètement. Comment voulez-vous que le monde avance, avec des gens comme vous ?

– Un homme qui mange mal, et qui ne voit pas où est le problème, est un grand dépressif qui s'ignore. Il finira par coûter un fric fou en traitement de longue maladie. Si même il échappe à ce triste sort, le manque d'enthousiasme qu'il met à la tâche, et qu'il se dissimule à lui-même sous un stakhanovisme compensatoire, émet de mauvaises ondes. Ontologiquement, c'est une régression terrible, évidemment, mais ça reste vrai si l'on s'en tient aux colonnes de chiffres. Croyez-moi, la perte est considérable. Les comptables sont de grands naïfs, vous savez.

– Pas le mien. Il dit que vos bouquins, ça ne se vend plus.

– Il dit ça parce qu'il croit à sa contribution, en tant que rouage, à la maison Delafeuille, filiale obscure du groupe multimédia Intertruc. Vous voyez, je ne sais même pas comment s'appellent vos patrons.

– Ils ne s'appellent pas Intertruc, crut bon de préciser Delafeuille.

– Intertruc, fourgueur de mobiles et de jeux télévisés crétinoïdes, pour qui le livre ne représente qu'une activité annexe et pas très porteuse. Croyez-moi, pour eux, Proust ou John Davis, c'est bonnet blanc et blanc bonnet. J'en frissonne rien que d'y penser. Bref, votre comptable est naïf, parce qu'Intertruc lui survivra de toute façon, et que ça, il n'en a pas la moindre idée.

– Je ne comprends pas un mot de ce que vous dites.

– Évidemment. Mettez-vous à l'arrière, je vais pousser ici et je la dirigerai en même temps.

– Vous êtes incroyablement déconnecté, Davis. C'est pour ça que vous écrivez n'importe quoi. Comment croyez-vous que l'économie fonctionne ?

– Comme une machine infernale que plus personne ne peut arrêter. Faudra que ça pète. Je ne vois que ça.

– Mais… Vous êtes marxiste ou quoi ?

– Marxiste ? Moi, le créateur de Bob Dumont ? L'auteur du fameux *Du sang jaune sur la place rouge* ? Le fou furieux qui a été jusqu'à décimer huit cent cinquante membres du KGB en moins de deux cents pages ? Vous rigolez ou quoi ?

– Non, justement.

– Vous êtes un pion, Delafeuille. Les actionnaires attendent ? Qu'ils attendent. Le rythme du chef-d'œuvre est pachydermique. Vous le savez aussi bien que moi, on en a plein d'exemples.

– Dites, ne me parlez pas de chefs-d'œuvre. Il s'agit de *L'Espion qui venait du livre.*

– Et donc ? C'est toujours plus enlevé qu'un relevé d'épargne salariale. Attention, je desserre le frein à main.

– Les aventures de Dumont sont sans intérêt, voilà la vérité. Elles ne correspondent plus à rien. Soit on se lance dans des modifications essentielles, soit on court à la catastrophe.

– Je sais pourquoi vous avez quitté votre bureau, Delafeuille. Ils vous ont collé dans les pattes un marketeux. Un petit jeune homme sorti de l'École Supérieure de Lessive Appliquée.

– Pas du tout. Ce n'est pas cette école-là.

– Si vous voulez. En tout cas quelqu'un qui ne sait pas faire la différence entre ce qui se vend et ce qui a de la valeur.

– Absolument. Et il a raison.

– Vous êtes fou, Delafeuille. Vous finirez réellement par croire qu'un texte est essentiel parce que l'auteur passe à la télé.

9

Dumont nous attendait, tranquillement installé sur mon perron, en train de fumer une cigarette. Il nous regarda manœuvrer la Simca *a la mano* avec la bienveillante neutralité d'une vache qui regarde passer les trains.

– Je m'apprêtais à analyser l'écriture du billet, dit-il comme je commençais à décharger les courses. Il y avait quelque chose de louche là-dessous.

– Il n'y a rien de louche, haleta Delafeuille en soulevant un citron. Pour manger il faut faire les courses, et j'ai la dalle, justement.

– Vous n'avez pas lésiné. Il y aurait donc une grande surface dans le coin ?

– On a préféré aller au village. C'est le jour du marché.

– Comment se fait-ce ?

– J'ai soupçonné, dis-je avec tout le sérieux possible, étant donné votre présence ici, qu'Igor pouvait très bien s'être livré à un acte terroriste de grande envergure. Il se pourrait bien qu'il ait infiltré les principaux circuits alimentaires du monde libre, ce qui expliquerait tous ces machins sous blister.

Dumont me regarda avec un mélange de méfiance et d'enthousiasme mal dissimulé.

– Remarquablement raisonné, admit-il. Vous êtes peut-être bien l'auteur de ces lignes. Ce scénario est digne de mes aventures.

– Arrêtez de lui faire dire n'importe quoi, m'invectiva Delafeuille en nous emboîtant le pas.

Nous avons disposé les légumes et la viande sur le grand meuble en bois où je range les casseroles. Delafeuille a posé son citron quelque part dans le tas, avec une certaine emphase, comme si c'était là une participation de poids.

– Le citron, nota Dumont, aperçu dans les gastronomies du monde entier, est depuis toujours l'indispensable compagnon du cuisinier. Utilisé également en décoration, son jus acide relève et rafraîchit.

Delafeuille a levé sur lui un long regard blanc, tandis que je dépouillais les carottes avec une dextérité qui aurait dû forcer l'admiration de quelqu'un. Puis il s'est tourné vers moi.

– J'ai réfléchi, vous savez, a-t-il dit en se laissant tomber sur le tabouret du coin.

– Ce n'est plus le moment. Maintenant il faut s'activer. Ça ne va pas se faire tout seul, cette histoire…

– Oui, mais…

– Qu'est-ce que vous avez fait du persil ?

– Le persil ? Je vous l'ai rendu.

– Cette plante aromatique, récita Dumont avec enthousiasme, constitue avec le thym et le laurier le traditionnel bouquet garni. On distingue le persil plat, supérieurement parfumé, et le persil frisé, essentiellement utilisé en décoration.

Effondré sur son tabouret, Delafeuille gratifia à nouveau Dumont d'un long regard vide. L'autre, très détendu, lui souriait.

– Vous vous sentez bien, Dumont ?

– Très bien, pourquoi ?

– Que diriez-vous de mettre la table ? suggérai-je. Les assiettes et les verres sont dans le buffet, les assiettes en bas et les verres en haut. Les couverts sont dans ce tiroir à votre gauche. Vous y trouverez également des serviettes. Delafeuille, passez-moi le chou blanc.

Je passai les carottes sous l'eau, les disposai devant moi, prêtes à être débitées au kilomètre. Je pouvais peut-être les faire en lamelles ?

– Je repensais à notre conversation du marché, insista Delafeuille en approchant, le chou blanc à la main. Quand vous dites que...

– Je vais peut-être les faire à l'étuvée.

– Les légumes se prêtent particulièrement à ce mode de cuisson, remarqua Dumont qui passait, trois assiettes sous le bras. Les morceaux doivent, autant que faire se peut, être de grosseur égale, pour une consistance homogène. L'ajout de liquide et la quantité nécessaire sont fonction du temps de cuisson et de la teneur en eau de végétation des légumes.

Delafeuille s'est tourné vers lui avec une soudaineté telle que j'ai craint un instant qu'il lui expédie mon chou dans la figure.

– Dumont, vous n'êtes pas dans votre état normal !

– Mais... Il a raison, Delafeuille, dis-je avec douceur. La cuisson à l'étuvée, dans une faible quantité de liquide, permet aux saveurs et aux arômes de se développer et de se mêler. Le liquide peut être de l'eau, du bouillon, du vin, de la marinade filtrée ou, comme il vient de vous le dire, l'eau de végétation des légumes.

– Très juste, renchérit Dumont. Ce mode de cuisson à couvert et à chaleur douce convient particulièrement aux fondues de légumes coupés en julienne ou en brunoise, auxquelles il confère un arôme incomparable. Notez bien que plus le liquide de cuisson est parfumé, plus les aliments s'en imprègnent.

– Et d'ailleurs, ajoutai-je, on peut envisager une absence totale de liquide. Les légumes, qui n'entrent à aucun moment en contact avec l'eau bouillante, sont alors cuits à la vapeur. La perte en vitamines et minéraux est particulièrement faible, c'est l'avantage premier de ce mode de cuisson.

Delafeuille se grattait le derrière du crâne.

– Il se passe ici quelque chose que je ne comprends pas…

– Mais pourquoi ? dis-je en lui tendant l'économe. Pour varier les recettes et donner encore plus d'onctuosité à vos petits légumes à l'étouffée, vous pouvez utiliser de la crème à la place du beurre. Par exemple avec des poireaux ou du chou-rave.

– Les légumes glacés sont une variante raffinée de la cuisson à l'étuvée, intervint Dumont. Les légumes cuisent à couvert comme précédemment, mais dans du beurre et du sucre, jusqu'à l'obtention d'un sirop savoureux.

– Absolument, renchéris-je. Pour la cuisson à la vapeur un faitout ordinaire peut suffire. Mais il existe un récipient très pratique : le cuit-vapeur en bambou d'orient. Toujours disposer un lit de salade, de chou ou d'épinard au fond du panier.

Delafeuille commençait à se détendre. Petit à petit, un sourire enfantin illumina son petit visage crispé.

– Vous voyez ? l'encouragea Dumont. Ce n'est pas si difficile. Dans la cuisine au wok par exemple, l'ail, le gingembre et les oignons nouveaux sont trois ingrédients qui constituent la base de nombreux plats asiatiques sautés.

– Mais oui, fis-je en attrapant le grand wok pendu au-dessus de l'évier. Pour les plats sautés et rissolés, le fond galbé du wok est idéal. La chaleur s'y concentre et permet de faire dorer rapidement les légumes et la viande tout en préservant leur jus.

– Les adeptes du wok, dont nous sommes, maintiennent au chaud les ingrédients déjà cuits sur la paroi évasée, où la température est moins forte.

– Deux accessoires sont indispensables : la spatule à bord biseauté et l'écumoire spéciale galbée. Pour les plats sautés, un couvercle n'est pas nécessaire.

– Il est en revanche indispensable pour la cuisson à la vapeur et les plats mijotés.

Delafeuille se détendit soudain, attrapa un poireau.

– Le wok se prête particulièrement bien à la cuisson des légumes sautés, entonna-t-il d'une voix joyeuse. Plus ils sont fermes, plus ils doivent être finement coupés. On hache grossièrement les épinards et on détaille les carottes en fine julienne. La cuisson étant très rapide, il est conseillé de garder les condiments à portée de main.

– La grosseur des aliments est capitale, confirma Dumont. Plus un ingrédient est gros, plus il doit être cuit vite.

– Mieux vaut donc soit le précuire, soit le détailler en morceaux tous d'égale grosseur, dis-je.

– Si l'huile n'est pas assez chaude, dit Delafeuille, la croûte se forme plus lentement et le morceau à frire se gorge d'huile. Il est important de choisir une huile de qualité et de ne jamais oublier qu'elle doit supporter les hautes températures.

– Avoir une saveur neutre, dit Dumont. Tournesol ou arachide.

– Oui, dit Delafeuille. Tester le bain de friture en y jetant un petit morceau de pain. S'il est doré et croustillant en une minute, l'huile est à bonne température.

– Seules les viandes de première catégorie peuvent être rôties, dis-je en brandissant le rôti.

Delafeuille me le prit des mains et le montra à Dumont en souriant.

– Vous voyez, Dumont, le rôtissage s'effectue en cocotte ou au four. Dans ce dernier cas, vous devrez disposer d'un plat à four.

– Oui, dit Dumont. Il en existe en pyrex, en terre vernissée ou en porcelaine de feu.

– Le récipient le plus approprié aux cuissons mijotées est une grande cocotte à fond épais, en acier émaillé ou en fonte.

– La braisière est un ustensile intéressant.

– Il faut respecter deux impératifs : arroser souvent la viande avec le jus de cuisson et laisser le rôti reposer cinq minutes à four éteint pour que la viande gonfle.

– Ce mode de cuisson s'applique particulièrement aux viandes maigres, intervins-je. Il faut alors les faire mariner ou larder.

– Un peu d'eau permet d'en modifier la consistance, remarqua Delafeuille, ou d'en atténuer le goût un peu trop prononcé.

– Le vin, le bouillon ou la crème enrichissent la sauce, dit Dumont.

– Ça suffit ! hurla soudain Delafeuille. STOP !

Dumont qui trimballait à cet instant la carafe renversa la moitié de son contenu sur le sol. Je faillis me couper.

– Qu'est-ce qui vous prend ?

– Vous vous foutez de moi, Davis !

– Moi ? Qu'est-ce que j'ai fait ?

– C'est trop facile ! C'est vous qui tirez les ficelles ! Vous pouvez nous faire dire n'importe quelle ânerie, à n'importe quel moment ! Et vous ne vous en privez pas, à ce que je vois !

Je me passai rapidement les mains sous l'eau, histoire de me donner une contenance.

– Mais, fit Dumont d'un ton apaisant, vous ne pouvez pas nier que la chaleur sèche du four convient à une chair tendre, non bardée…

– Taisez-vous ! hurla Delafeuille.

Sa petite figure empourprée ressemblait à une betterave. Il bondit sur l'économe et le braqua sur Dumont.

– Allez vous perdre dans le jardin. On vous appellera quand ce sera prêt.

– Bon bon, grommela Dumont. Une bonne sauce ne doit en aucun cas masquer la saveur et les arômes, mais les souligner, se mêler à eux en une subtile harmonie. Pour intensifier, on peut ajouter quelques feuilles de basilic finement ciselées…

Sa voix se perdit dans le jardin. Delafeuille, armé de son petit ustensile, raide comme la justice, me faisait face.

– Vous êtes content de vous ?

– Delafeuille, c'était une plaisanterie.

– Comment voulez-vous qu'on discute ?

– Et puis, excusez-moi, mais c'est plus agréable de préparer dans la joie, comme ça, tous les trois, que d'écouter encore vos jérémiades…

– Justement !

– Quoi, justement ?

– Vous ne voulez pas qu'on parle !

– Si, mais pas maintenant. Il faut qu'on mange.

L'estomac de Delafeuille se rappela à son bon souvenir, d'un grognement surréel qui emplit la cuisine. Perdant toute contenance, son petit poing toujours crispé sur l'économe qu'il braquait de façon menaçante, il se mit à taper du pied :

– Enfin, qu'est-ce que ça peut bien vous foutre que votre héros porte du Zegna, conduise une BMW Z3 ou qu'il se serve d'un iBook ?

– Moi ? Rien. Et lui, qu'est-ce qu'il en pense ?

– On s'en fout, de ce qu'il en pense. C'est un personnage de fiction. C'est entre vous et moi que ça se passe.

J'ai laissé tomber ce que j'étais en train de faire, j'ai essuyé mes mains avec le torchon et je me suis tourné vers lui. Je n'avais plus envie de rigoler. Il l'a vu tout de suite, ça l'a instantanément calmé.

– Davis ? Qu'est-ce que vous faites ? Pourquoi... pourquoi me regardez-vous comme ça ?

– Écoutez, Delafeuille, ce que je vais vous dire ne va pas vous plaire, mais il faut que je vous le dise quand même. Si vous étiez à Singapour avec Dumont, si maintenant Dumont et vous pouvez débarquer ici chez moi comme bon vous semble, si nous avons maintenant cette conversation, en cet instant même, eh bien cela ne peut signifier qu'une chose : nous sommes, vous et moi, exactement comme Dumont, des personnages de fiction.

Il accusa le coup. Je le vis blêmir malgré le bon air qui entrait par la vitre ouverte. Il ouvrit la bouche pour dire quelque chose, resta quelques secondes ainsi, la referma.

– Ça ne m'amuse pas plus que vous, croyez-le bien.

Il n'avait pas l'air convaincu. Troublé, peut-être. Peut-être que c'était trop violent comme révélation. Peut-être qu'il ne pouvait pas imprimer.

Peut-être, tout simplement, que son rôle dans l'histoire exigeait qu'il continue d'y croire.

10

Bob Dumont ouvrit les yeux. Dans la microseconde, tous ses sens furent en alerte. Le calme trompeur de ce petit coin du Quercy, à six heures du matin, ne lui disait rien qui vaille. Au contraire. Tout indiquait qu'il se tramait ici quelque chose de particulièrement louche. Bob sauta de son lit, fit jouer sa musculature d'acier, ouvrit les volets. Il fit coulisser son stylo longue vue et explora longuement la campagne environnante. Ces corbeaux d'un noir de jais et de mauvais augure, étrangement immobiles sur le fil du téléphone derrière le grand cerisier, n'étaient-ils pas en fait des cyborgs aptes à se fondre dans l'environnement, truffés de caméras infrarouges et de microcharges à fission différée ?

Le détecteur de métal à sonde parabolique, astucieusement couplé au viseur, restait muet. Ou il s'agissait vraiment de corbeaux, ou ils étaient équipés d'écrans furtifs. Dumont fronça les sourcils. C'était une hypothèse à ne pas négliger. Avec Igor, il fallait s'attendre à tout.

Il fit ses deux mille pompes matinales, enchaîna avec une petite séance de shadow-boxing. Rapides, puissants, ses coups étaient d'une précision remarquable. Tout en récupérant, il orienta la petite glace des toilettes, afin de vérifier le galbe de ses pectoraux, qui lui donna toute satisfaction, et, les muscles aiguisés et détendus, passa sous la douche.

Bientôt vêtu d'un ensemble de running Nike numéroté, il descendit l'escalier en sifflotant, jusqu'au moment où il trouva Delafeuille attablé dans la cuisine. Ce dernier levait sur lui un regard chargé de reproches, un peu larmoyant.

– Je n'ai pas un regard larmoyant !

Retrouvant immédiatement son aplomb, Bob fit joyeusement sauter une orange dans sa paume.

– Ça va, Delafeuille, je ne suis pas responsable de ce texte, vous savez. Vous avez bien dormi ?

– Très mal. Vous avez entendu ce silence ?

– Absolument pas.

– C'est bien ce que je veux dire. Et cette obscurité totale. Impossible de fermer l'œil. C'est très inquiétant, la campagne.

– Oui. Pas plus tard que ce matin, j'ai vu des corbeaux qui nous espionnaient. Probablement des cyborgs de troisième génération, avec écrans furtifs : mon détecteur parabolique n'a rien détecté.

– Je vais vous dire, Dumont…

Delafeuille essayait de casser un sucre.

– Je vais vous dire pourquoi votre… détecteur parabolique n'a rien détecté… Ce que dans votre délire coutumier vous avez pris pour des cyborgs, ce sont des corbeaux. Des oiseaux noirs, des volatiles, des trucs qui font *croa croa* et qui bouffent des cerises. Nous sommes à la campagne. Dans le Quercy. C'est normal.

– Trop simple. Il y a quelque chose de louche là-dessous, je le sens. Mon instinct de chasseur.

Delafeuille haussa les épaules.

– Oui ? interrogea Dumont.

– Vous ne voyez pas que Davis vous tourne en ridicule ?

– Dans quel but ? Et puis, quoi, j'ai toujours des muscles d'acier.

– Et une cervelle en tapioca. Je ne saurais vous dire dans quel but, je ne sais même pas s'il s'en rend compte…

Delafeuille n'arrivait à rien avec le sucre. Dumont, qui mordait avec appétit dans son orange, le lui prit des mains, et le lui rendit immédiatement en deux morceaux parfaitement égaux. Delafeuille en laissa tomber un dans son café sans un mot de remerciement.

– C'est peut-être une crise, soupira-t-il. Peut-être qu'il en a marre d'écrire ces âneries, peut-être qu'il a décidé de devenir lui-même le héros de ses bouquins, ce qui expliquerait qu'un agent surentraîné et international dans votre genre et un éditeur véreux comme moi se retrouvent dans un drame campagnard… Allez faire votre jogging, laissez-moi déprimer en paix.

– C'est comme vous voulez.

Delafeuille regardait le fond de son bol. Dumont termina son orange, se lécha les doigts, bondit sur ses pieds. Sur le pas de la porte, il se retourna. Il souriait, très cool. Delafeuille leva un œil.

– Quoi encore ?

– Pourquoi déprimez-vous, Delafeuille ? On n'est pas mal ici. C'est bon pour vos poumons. Ne me dites pas que vous regrettez le périph. Il va encore faire une journée splendide. Vous savez quel temps ils ont à Paris ?

Bob partit en petites foulées. Resté seul, Delafeuille se servit une deuxième tasse de café. Le soleil entrait déjà à flots dans la maison, se répandait sur le bois clair. Quelque chose dans l'atmosphère, peut-être ce silence dont il avait parlé, peut-être la qualité de la lumière, ou la lenteur de résine de cette matinée, quelque chose en tout cas le mettait mal à l'aise.

John Davis fit irruption dans la cuisine, dans un pyjama trop grand avec des petits canards partout, achevant le moral de Delafeuille d'un coup bien placé.

– Salut, Delafeuille. Bien dormi ?

– Alors vous avez opté pour la troisième personne ?

– Je vous demande pardon ?

– Il me semble que nous sommes revenus à la troisième personne. Comme ça, l'air de rien.

– Maintenant que vous le dites…

– Vous n'en êtes plus à une incohérence près, il est vrai. C'est pour le plaisir de vous décrire, vous et votre hideux pyjama ?

Machinalement, Davis baissa les yeux sur son pyjama, sourit.

– Moi, je trouve ça assez parfait. Cette première personne était un leurre, devenu inutile, maintenant que nous savons que je ne suis qu'un personnage de l'histoire.

– De grâce. Je ne peux pas rire.

– Écoutez, Delafeuille… Il reste du café ?

– Non, faut en refaire.

– Bien aimable. C'est pas votre truc, la vie en communauté, on dirait… Encore une fois, je suis pas mécontent d'avoir un peu de compagnie, ça me change, mais ce serait tellement plus agréable si tout le monde y mettait du sien.

– Et à part ça, qu'alliez-vous dire ?

– J'allais dire, ou plutôt redire, car nous sommes déjà arrivés à cette conclusion, et notez bien, selon VOTRE théorie absurde : je fais partie de cette fiction, tout comme vous. Première personne, troisième personne, caméra subjective, pluriel de majesté, apartés en ourdou ou messages en braille, je n'y peux rien. Je ne suis pas responsable de ce bordel stylistique.

– À d'autres. Qui écrit ce machin, si ce n'est pas vous ?

Davis, filtre souillé en main, s'immobilisa face à la cafetière, prit le temps d'une moue dubitative.

– Je ne sais que vous dire. C'est peut-être bien moi, effectivement, mais ça ne change pas grand-chose. Nous sommes des pions. Piégés. Pris dans le labyrinthe d'un système autoréférentiel. Bien coincés, vous pouvez le dire.

– Vous dites ça d'un ton détaché…

– Et qu'est-ce que vous voulez que j'y fasse ? Que je coure partout en poussant des cris ?

Delafeuille donna un coup de poing sur la table.

– Ça va, ça va. On voit bien que ce n'est pas vous qui prenez les critiques de plein fouet.

– Allons Delafeuille. Les critiques ne s'intéressent pas à ce genre de sous-littérature. Tout le monde s'en fout des aventures de Dumont. Vous en reprendrez avec moi, du café ?

– Oui. Bon, écoutez, n'essayez pas de m'endormir avec toutes ces insupportables digressions, vous êtes en train d'écrire ce truc et ça ne va pas du tout.

– Sucre ?

– Oui, merci.

– Admettons. On n'a pas toujours l'occasion de rigoler, dans le Quercy. Vous seriez donc un personnage en quête d'auteur.

– *Nein !* hurla Delafeuille en virant instantanément au mauve. Pour la dernière fois, je ne suis pas une de vos créatures fadasses, brossées à grands traits malhabiles, sans aucune épaisseur psychologique. Je suis votre éditeur, OK ?

– Et qu'est-ce que vous faites dans mon livre ? interrogea Davis d'un ton égal, tout en surveillant le café qui passait avec un bruit de train.

Delafeuille fronça les sourcils, se gratta nerveusement la joue gauche.

– Je me suis embusqué, heu, page 13. Pour rectifier le tir. Maintenir sur place un niveau de qualité. Faire évoluer l'histoire dans le bon sens, avant qu'il ne soit trop tard.

– Réponse absurde. Effectivement vous ne manquez pas d'épaisseur psychologique, vous en tenez même une bonne dose. Sacré Delafeuille ! Même moi, je n'aurais pas pu inventer une chose pareille. Je dois vous rendre cette justice. Et pourtant, la série est riche en rebondissements.

– Que vous dites !

– Ah, c'est garanti. Rien ne m'arrête. Ce bouquin abject est truffé de meurtres spectaculaires, de tortures diverses et de pornographie pure.

– De moins en moins, je constate ! Nous voilà tous les deux en train de manger des tartines de beurre dans la cuisine, par une belle matinée ensoleillée. C'est la saute de registre la plus débile depuis le début de ce *paperback* !

– Du franglais, maintenant ? Vous n'avez honte de rien, Delafeuille.

– Dites donc, vous n'allez pas me faire la morale, maintenant ? Même votre héros a l'accent américain.

– Comment ai-je pu accoucher d'un personnage aussi antipathique et revanchard que vous, je me le demande bien.

– Je ne *suis pas* un de vos personnages !

– Évidemment si. Arrêtez de vous la jouer, Delafeuille. Vous êtes, vous aussi, prisonnier de cette fiction. Vous ne contrôlez rien. C'est un bouquin comme un autre. Comment seriez-vous « entré » dans un livre, même un livre d'accès facile ? Vous rigolez ou quoi ?

Davis déplaça un tabouret, monta dessus, chercha dans les rayons. Il en extirpa un volume jauni et corné, contempla la couverture avec satisfaction, souffla dessus. Un nuage ocre s'en échappa. Davis descendit de son perchoir, revint s'installer face à Delafeuille avec un sourire paisible et posa délicatement le livre sous son nez.

– Entrez là-dedans pour voir.

Delafeuille baissa des yeux érectiles d'horreur sur le volume posé devant lui.

– Une construction en abyme ? Vous essayez de me paumer !

– Mais non. J'essaie de vous sauver. De vous faire redescendre sur terre.

– La troisième personne ne vous réussit pas, Davis. C'est vous qui n'avez plus le sens des réalités.

– Entrez dans ce bouquin, Delafeuille. Allez.

– Mais je m'en fous, de ce bouquin. C'est pas moi l'éditeur.

– OK, je renonce. Passez-moi la confiture.

– Trop facile ! Vous me défiez, et puis vous prenez vos petits airs supérieurs.

Davis haussa les épaules, regarda une dernière fois Delafeuille. Il se versa un plein bol de café, quitta la cuisine et sortit sur le perron. Ces petits différends mis à part, la journée s'annonçait bien. Le soleil était déjà haut dans le ciel et la nature exubérante du Quercy resplendissait. Davis s'assit sur le muret avec un soupir d'aise, chercha une cigarette dans son pyjama. Dumont apparut au fond du jardin, courant toujours à petites foulées. Il trottina jusqu'à Davis, consulta sa montre de plongée, prit son rythme cardiaque à la base du cou, sourit.

– Excellent. Ma faculté de récupération est stationnaire.

– Vous êtes un être exceptionnel, Dumont.

– Appelez-moi Bob. Où est Delafeuille ?

– Dans la cuisine.

Dumont disparut dans la maison. John Davis se sentait un peu envahi, il n'avait pas l'habitude de voir tant de monde. Était-ce désagréable ? En fait, c'était trop nouveau comme sensation. Un papillon passa devant ses yeux et disparut au milieu des fleurs. Il alluma sa cigarette. Dumont reparut.

– Delafeuille n'est PAS dans la cuisine, dit-il.

11

— Qu'est-ce que je fais ici ?

Delafeuille fronça les sourcils. Il était assis dans un petit fauteuil d'antiquaire. Le décor avait soudain un petit côté ostensiblement littéraire qui ne lui disait rien qui vaille. Pas de menace visible, immédiatement identifiable, pourtant la texture, l'atmosphère, l'ambiance même du récit avaient radicalement changé, et il y avait gros à parier que ce n'était pas pour le mieux. Depuis qu'il avait percé à jour le manège de Davis et mesuré ce dont il était capable, l'éditeur avait appris à se méfier de son ombre.

Comme pour donner raison à Delafeuille, un hidalgo coiffé d'un chapeau à plume s'avança dans sa direction, se délesta de sa lourde cape et dégaina sa rapière d'un même geste, très souple. À nouveau, Delafeuille fronça les sourcils. Tout cela ne lui disait rien qui vaille, mais en même temps lui disait vaguement quelque chose.

– Don Saluste ! tonna l'hidalgo.

– Don Saluste ? (Les doigts de Delafeuille se crispèrent sur les accoudoirs du fauteuil.) Qu'est-ce à dire ?

– J'allais vous poser la même question, mon ami, fit une voix sentencieuse.

Delafeuille tourna la tête. Un barbu. Un barbu assis derrière un bureau de style Empire, l'air peu avenant.

– Quinze, prononça Delafeuille machinalement.

Le barbu ne releva pas. Une belle barbe, d'ailleurs, blanche, taillée, une barbe qui avait quelque chose de prophétique. Quelque chose qui évoquait irrésistiblement Victor Hugo.

Delafeuille bondit de son siège.

– Victor Hugo ! s'exclama-t-il.

– Pour vous servir, dit le barbu. À qui ai-je l'honneur ?

– Qu'est-ce que vous faites ici ?

– Ne serait-ce à moi quelque peu, prononça lentement Victor Hugo, de vous poser la question ?

– En garde, Don Saluste, brama l'hidalgo en se lançant dans une série de moulinets avec sa rapière.

Instinctivement, Delafeuille se leva et s'abrita derrière le fauteuil.

– Une minute, une minute… (L'éditeur, qui sentait une migraine intense, d'ordre presque existentiel, le prendre dans un étau imparable, se massa les tempes avec une certaine nervosité.) Je devrais me retrouver dans *Ruy Blas*, en tout cas c'était la péripétie attendue, même si cela défie toute logique…

– Et quel est le problème ?

– L'autre, avec la rapière, je comprends. Mais vous ?

– Quoi, moi ?

– Qu'est-ce que vous faites *dans* Ruy Blas ?

– Rien que de très normal. Je suis au cœur de mon œuvre. Je me projette dans ma page. L'œuvre et l'homme ne font qu'un.

– Mais n'importe quoi ! s'emporta Delafeuille. D'ailleurs vous n'êtes ici que parce que Davis, qui est inculte, projette sur vous sa conception limitée de l'auteur classique, dans le pire sens du terme.

– Quel est, si je puis me permettre, le mauvais sens du terme classique ? interrogea Victor Hugo d'une voix doucereuse.

– Je ne sais pas... Poussiéreux.

– Tiens donc... Quels sont vos livres de chevet, Delafeuille ?

– Eh bien, mais...

– Don Saluste ? interrogea l'homme à la rapière qui semblait s'impatienter.

Étonnamment il lui semblait avoir déjà vu ce bretteur quelque part. Et puis, quelque chose ne collait pas. Il aurait dû avoir l'accent espagnol. Et cette façon monolithique de refuser de s'adapter à la situation... Tout cela était étrangement familier.

Quant à l'homme derrière la barbe... Une fausse barbe ? Se pouvait-il qu'un auteur, un vrai, ne pouvait, sous différents masques, écrire qu'un seul livre ?

– Des classiques, vous voulez dire...

– Pourquoi, vous faites partie de ces gens ?

– Quels gens ?

– Eh bien, mais, ces gens-là. Qui disent adorer Proust qu'ils n'ont jamais lu. Il y a du parascolaire en vous, Delafeuille. Sur quoi fondez-vous l'importance d'un auteur ?

– On ne va tout de même pas remettre ça !

– Laissez passer un siècle ou deux, et l'on étudiera très sérieusement Ian Flemming, comme le créateur du mythe masculin le plus important du vingtième siècle, et deux fois en plus.

– Deux fois ? Comment ça deux fois ?

– Parfaitement deux fois. Que faites-vous de Napoléon Solo ?

– Tout le monde a oublié Napoléon Solo. Et puis je croyais qu'on parlait de littérature ! Laissez-moi vous dire que je n'attendais pas ça de vous, Victor Hugo !

– Livres de chevet ? coupa impatiemment Victor Hugo.

– Proust.

– Tiens donc.

– Parfaitement j'adore Proust. Kawabata. Stevenson. Borgès. John Davis. Je n'ai pas dit John Davis.

– Si, vous venez de le dire, je viens de l'entendre.

– C'est lui qui est derrière cette daube, il peut me faire dire ce qu'il veut !

– Pas dans *Ruy Blas*. Ici, vous êtes chez moi.

– Tiens donc. (Delafeuille pointa un doigt accusateur vers l'homme à la rapière, de plus en plus énervé, qui venait d'embrocher un coussin et répandait des plumes dans toute la pièce.) Et pourquoi cet abruti ne s'exprime-t-il pas en alexandrins, si nous sommes dans *Ruy Blas* ?

– Devant une classe de seconde ? Aujourd'hui ? Vous les avez déjà vus s'envoyer des textos ?

– Le pentamètre iambique a bien survécu, lui.

– Parce que c'est bancal. Le pentamètre iambique ne tient pas debout. Il ne rime à rien.

L'hidalgo bondit par-dessus le petit fauteuil, se fendit.

– En garde, Don Saluste !

– Cessez de m'appeler Don Saluste, abruti. Je ne suis pas Don Saluste, je suis Delafeuille, et je vous soupçonne de le savoir parfaitement !

– On peut comprendre sa méprise, fit Victor Hugo avec une moue appréciatrice. C'est bien ainsi que je l'avais imaginé, Don Saluste… Mesquin jusque dans son physique…

– Pas du tout, c'était un personnage de tragédie. Et puis mon physique n'a rien de mesquin !

– Tragédie, tragédie… Entre vous et moi il y a des chances que tout cela finisse mal, effectivement !

Mine de rien Delafeuille reculait prudemment. Même si cette histoire ne tenait pas debout, rien dans le récit, ou ce qui en tenait lieu, rien n'indiquait de façon certaine que le piège infernal de cette mise en abyme n'allait pas se refermer sur lui et qu'il n'allait pas finir là, embroché comme un poulet dans un mince exemplaire de *Ruy Blas*.

L'hidalgo fit un bond en avant. Delafeuille se prit les pieds dans le tapis, ce qui le sauva. Poursuivi par son adversaire déchaîné, il crapahuta dans un coin de la pièce. Abandonnant sa réserve d'homme de lettres, Victor Hugo avait bondi sur le bureau pour suivre le duel.

– Excellent ! cette relecture est très supérieure à l'original !

12

Assis à la terrasse du Café des Habitués, à l'ombre d'un grand parasol aux couleurs de Ricard, Bob Dumont l'agent international de haut vol, et John Davis, l'auteur en vue, semblaient d'excellente humeur. La température aidant, ils laissaient échapper de petits rires entre deux gorgées. L'immobilité de l'air, seulement troublée de la monocorde stridence des cigales, n'incitait pas à l'action non-stop. Ce n'est qu'en remplissant leurs verres à ras pour la cinquième fois, d'une main plus paresseuse que souple, que Dumont décida d'en venir au fait.

– J'ai décidé, embraya-t-il, de profiter de l'absence de Delafeuille pour vous cuisiner un peu.

– Faites, dit aimablement Davis en levant son verre.

– À mon avis, vous en savez plus que vous ne voulez bien le dire.

– Vous croyez ?

– C'est certain. Voyez-vous, dans la mesure où vous êtes l'auteur de ce livre, vous devez avoir une idée de la trame générale.

– Pas du tout, j'écris au fil de la plume.

– À d'autres. Je suis sûr que vous avez fait un plan.

– Si j'avais fait un plan, nous n'en serions pas là, mon pauvre Dumont. Avouez que le déroulement de l'intrigue défie toute logique.

Dumont ignora l'argument.

– Que va-t-il se passer maintenant ? Où est Igor ?

– Ressaisissez-vous, Dumont. Ce sont vos aventures, après tout. Igor n'est sûrement pas ici, dans le Quercy, à cueillir des champignons. Qu'est-ce que vous croyez ? Et vous, qu'est-ce que vous foutez ici, à vous prélasser à la terrasse d'un café ? Vous devriez être en train de tirer dans le tas à coups de Beretto. De sauter d'un hors-bord à l'autre. Vingt pages qu'on n'a pas vu la moindre blonde !

– Ben, fit Dumont, on y prend goût, à se la couler douce.

– Ça, c'est vrai. Pourquoi croyez-vous que je ne suis jamais retourné à Paris ?

– Il y a longtemps que vous êtes dans le coin ?

– Ouais. Je sais plus.

– C'est pas mal. Le climat est reposant. Difficile d'imaginer que les hommes d'Igor sont peut-être en train de nous épier, au moment même où nous devisons tranquillement, à la terrasse de ce café.

– Déguisés en géraniums ? Allez, Dumont. Finalement, Delafeuille a peut-être raison, vous êtes un peu unidimensionnel.

– Vous reniez votre texte ?

– Non, non. Je constate juste. Tout le monde a ses défauts.

– Puisqu'on parle de Delafeuille, je me demande s'ils ne l'ont pas enlevé.

– Qui, ils ?

– Justement. Cette affaire est plus complexe qu'elle n'en avait l'air au départ (comme souvent dans mes aventures).

– C'est normal, je trouve tout au fur et à mesure.

– Et que va-t-il se passer maintenant ? Vous devez bien en avoir une idée, même vague.

– Pas la moindre. J'essaie de faire durer cette scène, où nous sommes tranquillement installés à la terrasse de ce café. D'abord parce que je ne sais pas comment enchaîner, ensuite parce que je me sens plutôt bien. On s'en remet une petite ?

– C'est pas de refus.

Leurs verres à nouveaux pleins, les deux hommes contemplèrent l'air ambiant avec une visible satisfaction.

– C'est tout de même un passage creux, insista Dumont sans conviction. Je veux dire, il n'y a pas d'action. Je ne suis pas un spécialiste, mais… Ça ne peut pas durer des plombes, il me semble. Le lecteur moyen risque de s'emmerder, non ?

– Pourquoi ? Il y a un vrai suspense. Nous ne savons pas par où l'histoire va partir, nous n'avons aucune idée de ce qu'est devenu Delafeuille.

– C'est vrai, reconnut Dumont.

Retrouvant instantanément une partie de ses facultés, il dégaina son Beretto, peut-être un peu lentement, et vérifia le chargeur en comptant les balles avec les doigts. À première vue il y en avait deux fois plus que d'habitude.

– Qu'est-ce que vous faites ? interrogea Davis, toujours vautré.

– La dernière fois que Delafeuille a disparu, je suis parti à sa recherche.

– Ah oui. Chapitre 6. C'était facile, vous aviez accroché un mouchard à son revers.

– Vieux réflexe.

– Oui, mais on ne va pas faire le coup deux fois. Pour commencer, le recours à la technologie est un procédé des plus faibles. J'avoue, personnellement je ne peux pas faire sans. Donc, vous non plus. Nous avons tous les deux besoin d'un tas de bidules avec des noms compliqués, sinon comment vous sortir de toutes ces situations parfaitement désespérées ? Au passage, je vous signale que c'est moi qui ai inventé le téléphone portable, il y a vingt-cinq ans de cela.

– De toute façon il n'y a aucun écho sur le cadran de ma montre bi-magnétique à variateur ignifugé.

– Ben non, je vous dis qu'on ne va pas le refaire.

Dumont posa son flingue sur la table, se renversa à nouveau sur sa chaise, considéra son verre avec circonspection. Le soupçon que Davis était en fait un agent ennemi, décidé à le saouler pour lui faire perdre une partie de ses moyens et le neutraliser, l'effleura.

– Vous ne buvez pas ?

– Si, bien sûr.

Ce soupçon posait à Bob un problème de taille. Si l'homme qui écrivait ses aventures était passé dans le camp adverse, ou plus vraisemblablement, si l'ennemi avait réussi à lui substituer un comparse, les aventures en question avaient toutes les chances de mal tourner. Il suffirait à l'auteur de le précipiter à nouveau dans la gueule du loup, puis, au moment crucial, de le priver du gadget indispensable et, comme Davis lui-même l'avouait à demi-mot, c'en était fait de lui. Plus de micropropulseur dissimulé dans son sac à dos, et les sbires du réseau Asia l'auraient vite transformé en écumoire. Et ce n'était qu'un exemple. La disparition inexplicable de Delafeuille, son seul allié, la volatilisation tout aussi mystérieuse du beeper accroché à son revers, et ce qui revenait au même, mais n'en créait pas moins un effet de cumul, le silence inquiétant du récepteur bi-magnétique, tendaient à valider cette hypothèse. L'opération était peut-être déjà en cours.

– Ça va Bob ? demanda Davis.

Dumont lui fit un sourire rassurant. Surtout, ne pas montrer qu'il avait des soupçons. Très décontracté, il alluma une cigarette Gold. Il ne s'était jamais trouvé dans une situation aussi délicate. En effet, si Davis était un agent ennemi, il devait l'éliminer. D'un autre côté, s'il éliminait l'auteur, il avait de fortes chances d'y passer aussi.

Il fallait, coûte que coûte, déterminer si John Davis était bien John Davis. Un authentique écrivain, et non un espion. Et si c'était un espion, l'amener à se trahir.

– Encore une petite goutte ?

– Petite, alors. Dites-moi, John…

– Hon.

– Vous considérez-vous comme un authentique écrivain ?

– Je vous demande pardon ?

– Un auteur, vous voyez ce que je veux dire…

– Pas du tout. Je veux dire, je ne vois pas ce que vous voulez dire.

– Eh bien, vous faites montre d'une attitude très ambiguë vis-à-vis de votre travail, si je puis me permettre.

– Pouvez préciser ?

À nouveau, Dumont vérifia le chargeur de son Beretto, comme s'il accomplissait un geste machinal.

– Je me suis renseigné. À l'origine, Delafeuille défendait un certain nombre d'écrivains authentiques, dont les tirages étaient parfois désastreux. Il s'est livré à cette gymnastique aussi longtemps qu'il a pu le faire, parce qu'il croyait en eux. Il pensait faire, à sa manière, œuvre de littérature.

John Davis porta son verre à ses lèvres, sans répondre.

– Il est évident qu'il ne vous considère pas de la même façon. Pas comme un véritable écrivain. Et j'ai parfois l'impression... que ça ne vous gêne pas.

– Je vois.

– Alors ?

Un long moment, John Davis resta silencieux. C'était la minute de vérité. Bob avait la main sur son 6,33.

– Il y aurait donc, articula finalement Davis, d'un côté les véritables écrivains, à la virgule élégante, au toucher délicat, aux césures toujours justes, qui jettent sur le papier rien moins que de la lumière pure, agencée avec art, avec un tel art en fait, qu'à première lecture c'est souvent la seule information qu'on reçoit, que nom de Dieu on est bien en présence d'art.

Dumont fronça les sourcils.

– Sans vouloir me faire le champion d'une caste, continuait Davis, de mes sympathies vous n'avez cure et c'est bien ainsi, force est de constater qu'à ce genre d'exercice les laborieux sont perdants, que s'ils ont le temps l'énergie moins souvent, car dispensée ailleurs, de lire deux fois avant que de palper un semblant de sens, et quel sens !

– Je vous le demande...

– N'est-ce pas ? Donc il y a ceux-là, et leurs deux fois tragiques, mais finalement clones, qui cultivent la simplicité de bazar, ou sophistication du nase. Sujet verbe. Et encore. Pas toujours. Je. En voilà une. Je vous la refais. Il ouvre la porte. Il ferme la porte. Pas mal non ? Plus simple encore avec l'ordi. Pomme C, pomme V. Fait office de simplicité. Il y a ceux-là. Je vous les cite ? Si je vous ennuie vous le dites.

– Continuez.

– De l'autre il y aurait moi. Usurpateur du titre. Un imposteur en somme. Ni plus ni moins. La blonde laissa glisser son manteau de panthère le long de ses épaules nues. Dessous elle ne portait qu'un string rouge. Par exemple. Plus proche du *Guide Marabout de l'électricité*, question élégance de la virgule. Enfin, c'est ce que pense Delafeuille. Que voulez-vous, je gagne ma vie. Parfois, au détour d'une scène, je m'amuse. C'est devenu assez rare, mais ça arrive encore. Je vais vous la faire brève : vous pouvez critiquer dans l'absolu, pas au nom d'une différence qui n'existe pas. Si on les écoute, il sort environ deux cents chefs-d'œuvre indispensables par an. J'ai un doute.

– Justement, moi aussi.

– Je vais vous dire : dès lors que l'authenticité du scribe est un argument de vente, je comprends qu'aucun éditeur ne soit assez fou pour s'en priver. Si ce sont de vrais écrivains, alors moi de même. Il n'y a rien de plus authentique chez eux. Les gens qui écrivent sincèrement ne sont pas publiés. Plus maintenant. Où voulez-vous qu'on les mette en linéaire ?

– Je suis tenté de vous croire…

– Evidemment.

– Ok Davis, je vous fais confiance.

Dumont rengaina son Beretto, vida son pastis, visiblement soulagé. Il avait eu chaud.

À cet instant Delafeuille apparut à l'angle du chemin, l'air hagard. Ils crurent tout d'abord à une hallucination, non sans quelque raison : ils n'en étaient certes pas à leur premier verre, et l'éditeur lui-même semblait avoir vu un fantôme. Son imperméable, étrangement, était découpé en lanières.

Arrivé près d'eux il se laissa tomber sur une chaise, haletant.

– J'ai réussi ! Vous entendez, Davis ? j'ai réussi !

– Tant mieux pour vous. Réussi quoi ?

– Mais j'ai bien failli y laisser ma peau.

– Calmez-vous, Delafeuille. Où étiez-vous passé ?

– Je l'ai fait, je vous dis. J'étais dans le livre !

– Quel livre ?

– Ce livre que vous avez posé sur la table, tout à l'heure ! *Ruy Blas*. Vous le savez très bien.

Dumont frappa du poing dans sa paume ouverte.

– Bon Dieu ! Tout se tient ! Voilà pourquoi je n'avais aucun écho bi-magnétique.

– J'ai réussi ! ahanait Delafeuille.

– Bon, eh bien, tant mieux pour vous, articula mollement Davis. Ce n'est pas une raison pour postillonner.

Delafeuille regarda Davis se servir un autre verre. Pendant quelques secondes il fut incapable de parler.

– C'est tout l'effet que ça vous fait ? demanda-t-il finalement.

– Je trouve ça absolument remarquable. Qu'est-ce que vous voulez que je vous dise de plus ?

– Mais vous ne comprenez pas ? Ça prouve bien que tout ce que je dis est vrai. Je me suis bel et bien introduit dans la narration. Je ne suis pas un personnage de fiction.

– Vous rigolez ou quoi ? Ça ne prouve rien du tout. Si vous êtes un personnage de fiction, vous pouvez faire n'importe quoi. Passer à travers les murs, voyager dans des dimensions parallèles, faire le poirier, etc. Il n'y a là rien, passez-moi l'expression, de très inédit.

Delafeuille tendit un bras mou, saisit le verre de Davis et le vida cul sec.

– Tout le monde n'est pas aussi irrationnel que vous, Davis.

– Vous m'en bouchez un coin. Moi, je suis irrationnel ? Intellectuellement, vos périples ne sont pas défendables. Comment pouvez-vous y croire ?

– Et ça, hein ? Vous avez vu mon imper ?

– Votre nouveau look grunge ? On ne peut pas le louper.

– J'ai bien failli me faire raccourcir à coups de rapière.

– Et comment vous en êtes-vous sorti, si je puis me permettre ?

– Mais c'est vous ! Vous jouez au chat et à la souris, et c'est très agaçant. Vous saviez très bien que les choses allaient se passer ainsi. Vous n'aviez qu'à m'attendre tranquillement au chapitre suivant, en buvant un petit verre. Pendant que je faisais progresser l'action dans une direction totalement inattendue.

– Oui, je dois bien reconnaître que moi-même, je ne m'y attendais pas. Comment était-ce ?

Delafeuille haussa les épaules.

– Écoutez, en voilà assez. Vous le savez très bien puisque vous avez écrit cette… chose.

– Moi, j'ai écrit *Ruy Blas* ?

– Maintenant oui.

– C'est une de mes aventures ?

– Taisez-vous, Dumont, par pitié.

John Davis s'étira, visiblement heureux de vivre. S'il était inquiet sur la suite de l'intrigue, il n'en laissait rien paraître.

– Puisqu'on parle de vos aventures... Va falloir penser à rentrer, les gars. Faut que je finisse ce bouquin.

– Enfin une parole sensée, fit Delafeuille en se resservant. Que va-t-il se passer, maintenant ?

– Comme j'en faisais la remarque à Monsieur, je n'en ai vraiment pas la moindre idée. Allez, ne faites pas cette tête-là, Delafeuille. On va trouver. Tenez, c'est moi qui invite.

13

L'heure était immobile. Le chant des cigales montait par vagues molles dans un ciel incroyablement touristique à force d'être bleu. Étendu sur son transat, ses Dolce & Gabbana à verres teintés sur le nez, John Davis prenait un repos bien mérité. Une brise tiède floutait le tissu léger de sa chemise Yohji Yamamoto.

Delafeuille, en imperméable Paul Smith défraîchi et baskets Le Coq Sportif trouvées dans l'armoire de l'entrée, plus adaptés que ses mocassins à son séjour champêtre, s'approcha en sifflotant, l'air de rien.

Davis ouvrit un œil, l'accueillit d'un sourire.

– Ça va, Delafeuille ? Quel temps merveilleux, non ?

– Hein ? Oui, pas mal.

– Dumont n'est pas avec vous ?

– Il est au grenier. Il cherche des micros.

– Par ce beau soleil, il ferait mieux de les chercher dans le jardin.

Delafeuille évacua le sujet, en même temps qu'une grosse mouche bleue, d'un déplacement agacé de la paume.

– Je peux vous parler une minute, Davis ?

Davis soupira d'aise, se gratta le ventre.

– Et mon inspiration ? C'est fragile, vous savez. J'ai besoin de calme.

– Oui, enfin, ça va faire quatre heures que je vous observe… Vous n'en avez pas manqué, de calme. Tout à l'heure, je vous ai entendu ronfler.

– C'est parce que j'ai des polypes.

– Quoi ?

– Des polypes. Des maladresses de la muqueuse. Des corps solides dans les sinus, si vous préférez.

– On s'en fout. J'ai vraiment un truc important à vous dire.

– Vous ne voulez vraiment pas vous décongestionner ? Ne serait-ce que deux minutes ?

– Vous m'écoutez ?

– Le moyen de faire autrement ?

Delafeuille soupira, sortit son mouchoir à carreaux, s'épongea le front. À gestes paresseux, Davis sortit un tout petit carnet de sa poche, nota avec un crayon également minuscule : « trouver une marque pour le mouchoir à carreaux de Delafeuille ».

– Arrêtez avec ces histoires de marques.

– Je croyais que c'était important.

– Vous tournez tout en dérision.

– Non, pas du tout.

– Par exemple ?

– Eh bien, je me laisse aller à mes fantasmes de collégien avec tout le sérieux possible, vous l'aurez remarqué. Déshabillé noir, fellation spontanée, etc.

– Davis, nous ne parlons pas de la même chose.

– Je me disais aussi… Vous savez, il y a quand même des marques que j'aime bien.

– Comme ? Simca ?
– Par exemple.
– Nous voilà bien.
– J'aime beaucoup Magimix aussi.
– C'est quoi ?
– Mon robot ménager. C'est garanti dix ans.
– Très utile dans un roman d'espionnage. Parfois, quand je vous écoute, je crois que je vais étouffer.
– De quoi vouliez-vous me parler ?
Delafeuille s'assit en tailleur dans l'herbe.
– Voilà, Davis : vous ne le savez sans doute pas, mais écrire, c'est un vrai boulot. Il faut savoir où on va. C'est encore plus vrai dans le genre où vous avez choisi de sévir. Je sais que nous avons, en France, le mythe de la page blanche. L'auteur inspiré, paumé dans sa tour d'ivoire, etc. Je suis le premier à y souscrire. Mais ce sont des pratiques réservées à des gens, justement, plus inspirés que vous. Nous avons un point mort à atteindre, sinon moi j'arrête, avec les aventures de Dumont. Ce n'est plus viable. Et puis si vous croyez que le meilleur moyen d'améliorer votre style c'est d'aligner les siestes…
Davis garda le silence un moment. On aurait pu croire qu'il dormait, protégé par ses excellents verres D&G. Jusqu'au moment où il émit un petit claquement de langue, bascula sa tête vers Delafeuille et sourit.
– Delafeuille, vous jouez sur les deux tableaux et ça, c'est très agaçant.
– C'est-à-dire ?
– D'une main vous brandissez l'étendard de la culture, conspuant la médiocrité des aventures de Dumont et la vanité

de mes efforts, de l'autre votre calculette, arguant d'un manque d'allégeance de ma part aux nécessités du marché. Et là je dis, vous avez le droit de critiquer, mais faut choisir. La vérité, c'est que vous êtes prêt à n'importe quoi pour me faire modifier mon texte, et peu importe dans quelle direction, finalement. Je crois que vous avez juste un grave problème d'ego.

– D'abord, qui vous dit que ce sont là des notions antinomiques ? Autrement dit, que ce qui plaît au marché n'est pas justement ce qui a le plus de valeur littéraire ? Pourquoi cette opposition immature et pré-wharolienne entre l'art et le business ?

– Ce ne sont pas des notions nécessairement convergentes, et ça c'est une vérité oubliée. Ne venez pas me chercher sur ce terrain.

– Oui, enfin dans votre cas c'est pas grave, parce que vous avez des progrès à faire des deux côtés, et c'est bien pour ça que j'essaie de vous prendre en tenaille.

– La vérité, c'est que vous voulez le pouvoir. Vous êtes un créateur frustré.

– Rendez-moi toutes les avances sur à-valoir que je vous ai consenties, elles ne correspondent absolument pas à vos tirages.

– Et voilà. Vous en faites une affaire personnelle, ça s'entend tout de suite. Vous savez ce que disait Picasso ?

– Mais Davis, je ne peux pas continuer à passer au pilon vos invendus, qui coûtent la peau du cul à fabriquer, sous prétexte que vous refusez de compenser votre manque de talent par un sens commercial minimum, ou ne serait-ce que par un certain intérêt pour votre époque. Vos lecteurs ne vivent pas en 73, comme vous vous obstinez à le faire.

Delafeuille s'approcha de Davis, tendit la main, lui toucha le bras avec une douceur inhabituelle.

– Et, s'il vous plaît, ne me parlez pas de Picasso. Nous parlons de vos inepties tapées au kilomètre, avec des gonzesses à poil sur la couverture.

– Et les demoiselles d'Avignon ?

– Davis. Un peu de tenue.

Davis renonça à répliquer. Pendant un temps indéterminé, plus un mot ne fut prononcé de part et d'autre. On entendait très vaguement Dumont, à l'étage, qui déplaçait des meubles.

– Bon, soupira Davis. Qu'est-ce que vous voulez ?

– Je me tue à vous le dire. Là, vous le faites exprès.

– Je ne suis pas de mauvaise volonté, vous savez. L'époque, je vous le concède, je m'en sens un peu loin, et je ne m'en porte pas plus mal. Maintenant, vous pouvez me servir de guide. Si quelque chose marche en librairie, on n'a qu'à embrayer…

Delafeuille se gratta le crâne.

– Alors ?

– Attendez, je cherche…

– Prenez votre temps.

– C'est leur faute, aussi. S'ils m'avaient laissé mes auteurs… Je m'en balançais, des pitreries de Dumont. Pourquoi croyez-vous que je vous ai laissé tranquille pendant toutes ces années ?

– Eh bien…

– Je pourrais passer des heures en compagnie de Denis Roger, aux Deux Magots, à lui expliquer tout le bien que je pense de *La Crampe*, au lieu de perdre mon temps avec vous dans ce trou. Pourquoi, pourquoi n'êtes-vous pas Denis Roger ?

14

Delafeuille était dans la cuisine, nu.

– Oui, dit-il.

Le temps. Il passait. D était là, assis. Autour de lui, la cuisine était tout d'une pièce.

Le temps. Un bloc.

– Oui, oui.

Oui.

Pris dans ce bloc de temps. Un lépidoptère dans la résine du temps. Ses organes sexuels, flasques entre ses cuisses nues. Ils reposaient.

Le temps, toujours.

Flasques sur le formica froid.

– Impossible de lutter.

Non.

Pourtant.

D, pris dans la résine du temps tel un lépidoptère. L'auteur pénétra dans la cuisine. Nu, lui aussi. La genèse, pensa D. Le commencement de toutes choses. Oui.

– Oui, mais nous n'irons pas loin comme ça, prononça l'auteur, comme s'il lisait dans les pensées de D.

– C'est gay, soupira D.

– Oui, fit l'auteur.

Son nom était JD. Il prit une Wasa dans le paquet de Wasa. Il la beurra.

Assis tous deux sur des chaises en formica, maintenant. Ils se demandaient. Un temps, un bloc.

Non.

Pourtant.

– Je souffre, dit JD.

– Une crampe, dit D.

Comme s'il pouvait déchiffrer l'âme même de JD. Son braille impalpable. Les pensées hésitantes de D : des doigts boudinés d'aveugle. Perspicaces, têtus. Un pianiste.

– Je te beurre une Wasa, fit JD.

– Si tu veux.

Ils étaient là tous les deux. Un bloc. Nus. Leurs sexes flasques exposés à la morsure du temps.

D n'avait d'yeux que pour.

Mais.

– Tiens.

– Oui.

L'amour, évidemment. L'Amour. Toujours lui, au détour du sexe, au coin de la mort.

Le véritable, l'odieux rapace. Des ailes d'acier qui se déploient soudain et déchirent.

JD riait.

– Il n'y aura pas de commencement sans moi. Moi, l'auteur. L'Auteur.

– Oui.

– Au commencement était le Verbe.

– Une crampe, dit D, atone.

La cire, autour d'eux.

À nouveau refermait son poids d'angoisse.

– Ça n'avance pas, fit JD.

– C'est fait pour.

– En ce cas.

– Oui.

Entre eux, le paquet de Wasa. Le beurre. Un petit couteau à lame ronde.

Impossible.

Les heures qui suivirent, D ne fit rien.

JD pensait : au commencement, le Verbe. Oui. Mais lui, JD, était-il encore capable d'écrire ? Essayer, pour le savoir.

Mais cela même.

Il absorba lentement deux litres de café. Peu après, il eut nettement envie de dégueuler. La vie, les livres, le café, tout le dégoûtait.

La cuisine. Elle leur survivrait.

– Des bombes, D.

D se grattait le sexe.

– Que dis-tu ?

– Être libre de tout ce formica.

– Sans doute. Mais tu n'arrives plus à écrire.

Voilà.

Ils traversaient une crise. JD, et au-delà de JD, D.

Crise ?

Épouser le rythme du déchirement du monde. Une lenteur expiatoire. D'ailleurs ils ne bougeaient presque plus.

Beurrer une Wasa.

Un souffle.

Crise. Buter ainsi sur.

Nus à la campagne. Dérision sans fin, que cette pose se révèle si vraie. Que la vérité, frappée en son centre, éclate justement : une mosaïque d'artifices. Un masque : le dernier.

– Tu crois ?

Il avait dit quelque chose. Mais quand ?

– Oui, dit-il.

Leurs destins, scellés comme des culs. JD et D, maintenant semblables, maintenant clones. La table de la cuisine, lisse entre eux.

– Nous n'irons pas loin.

– Un prix, fit D.

Le pensait-il ?

Des heures.

Amorcer maintenant quelque chose. La terre, c'est l'usage, tourne.

Cela pourtant n'est pas. Ici, à l'intérieur de la cuisine, dans le secret de leurs âmes immobiles. Un Titanic par le fond, un tentacule qui se glisse dans l'orbite vide d'un noyé.

– Je bute.

– Une crise.

– Ne plus écrire.

– Pourtant.

– Jusqu'où ?

Leurs mains immobiles sur la table. Désirantes. Pourtant molles. Le beurre semblait loin.

Robert entra.

– Salut. Rien de suspect à signaler ?

– Tais-toi Robert.

– Essaie de parler avec l'accent maghrébin.

– Pour quoi faire ?

– Robert, la table est lisse.

– Qu'est-ce qui se passe, Delafeuille ? Ils l'ont drogué ?

– Non, Robert. Il traverse une crise.

– Crise ?

– Sa culpabilité, son malaise existentiel, qui l'ont si longtemps aidé à créer sa littérature nécessaire…

– Quelle littérature nécessaire ? Vous disiez que c'était des produits.

– Oui, mais on a changé, Robert, on a tout changé. Collez au texte.

– D'abord, arrêtez de m'appeler Robert. C'est quoi, une nouvelle couverture ?

– Non, nous sommes dans le récit, au jour le jour, d'une crise d'identité doublée d'une crise artistique…

– Où est Igor ?

– Il n'y a pas d'Igor, il n'y en a plus. Nous sommes de simples écrivains homosexuels, minoritaires, maudits, dans une cuisine, une simple cuisine…

– Je bute sur un souvenir d'inceste…

Plus vif qu'un serpent, Dumont fit jaillir son Beretto.

– Vous dérapez, Davis. Que vient faire ce Beretto dans un vrai produit culturel ?

– Mais vous voyez bien qu'il l'a fait jaillir, Delafeuille. Qu'est-ce que vous voulez que j'y fasse ?

– Mais enfin, vous contrôlez cette prose, oui ou merde ?

– Depuis le temps que je vous explique que je ne contrôle que tchi.

– Dumont, posez ce Beretto, vous allez tout faire foirer.

– Appelez-moi Bob. J'avais des doutes, mais cette fois-ci j'en suis sûr. Qu'avez-vous fait du vrai Delafeuille et de l'autre, là ?

– Au nom du ciel, Dumont, il n'y a pas de vrai Delafeuille. Je veux dire, il n'y a pas de faux… Bref, je suis Delafeuille, OK ?

– C'est pendant la captivité du vrai Delafeuille qu'ils ont procédé à l'échange, n'est-ce pas ?

– Davis ?

– Hon ?

– C'est raté.

– En effet, ricana Dumont. Votre ruse lamentable a fait long feu, sales Jaunes.

– Ça va, Dumont, arrêtez avec ce verbiage éculé, c'est pire que tout. Sortez un peu de votre rôle à la con. C'est tout de même incroyable la mauvaise volonté que vous y mettez !

– Vous rigolez ou quoi ? Je porte vos slips italiens qui grattent !

– Oui, mais ça c'est facile, ça vous coûte rien. Là, il s'agit d'y mettre du vôtre. De coller au texte.

– Bon, si ça peut faire progresser mon enquête… Alors je fais quoi ?

Les deux écrivains en crise échangèrent un regard blême par-dessus la table lisse.

– J’ai fait ce que j’ai pu, Delafeuille.

– Oui, oui.

– Reconnaissez-le, au moins.

– D’accord, d’accord. C’était peut-être un peu ambitieux. Le grand écart. Soyez gentil Dumont, laissez-nous.

D’un geste professionnel, Dumont rengaina son arme. Ses yeux se plissèrent.

– Nous ne tarderons pas à nous revoir, dit-il.

Il salua avec désinvolture et quitta la pièce.

15

Delafeuille s'éveilla sur le coup de dix heures. Un mince rayon de soleil aux arêtes vives traversait la chambre. Il redressa le gros oreiller qui sentait la lavande, remonta l'antique édredon sur son petit ventre rond.

Il se laissa aller quelques instants à contempler les particules qui dansaient dans le rayon de soleil, soupira d'aise. Il faisait bon vivre, ici, à la campagne. À travers les brumes matinales, l'idée s'insinua dans son cerveau que, s'il avait été John Davis, il aurait probablement renoncé à faire œuvre de littérature et/ou vendre des centaines de milliers d'exemplaires, deux manières pas forcément antithétiques de nourrir son ego, entité qui se révélait, dans les paysages paisibles du Quercy, étrangement peu gourmande.

Oui, mais l'univers était ainsi fait que chacun avait son rôle à jouer, et pouvait difficilement en dévier. Réel ou fictif.

– L'esprit est la dupe du cœur, soupira-t-il, sans plus savoir qui était l'auteur de cette formule célèbre.

Le libre arbitre était une fiction. À plus forte raison s'il s'agissait d'un scénario dont lui, Delafeuille, n'était qu'un protagoniste. Il rejeta la couette. Il avait une mission. Davis l'avait endormi avec ses effets de style. C'était un effort louable, mais ça ne résolvait pas tout.

Il bondit hors du lit, s'habilla acrobatiquement et se précipita dans l'escalier sans ralentir. Il était arrivé quelque chose pendant son sommeil, il en avait la quasi-certitude. Le bouquin avait pris une nouvelle direction, qui remettait à nouveau tout le bazar en question. Déjà stressé à 75%, Delafeuille pénétra dans la cuisine en courant, pour trouver Davis tranquillement installé devant sa machine à écrire.

– Bien dormi, Delafeuille ?

– Qu'est-ce que vous êtes en train d'écrire ?

Davis souleva la feuille glissée dans le chariot et lut :

– « Le bouquin avait pris une nouvelle direction, qui remettait à nouveau tout le bazar en question. Déjà stressé à 75%, Delafeuille pénétra dans la cuisine en courant, pour trouver Davis tranquillement installé devant sa machine à écrire. — Bien dormi, Delafeuille ? — Qu'est-ce que vous êtes en train d'écrire ? Davis souleva la feuille glissée dans le chariot et lut… »

Delafeuille haussa les épaules.

– Évidemment. Il reste du café ?

– Oui, je viens d'en refaire. Prenez donc un bol et posez-vous cinq minutes.

– Passez-moi la confiture. Où est Dumont ?

– Je ne sais pas. Parti faire un tour. Je peux savoir ce qui vous rend si désagréable de bon matin ?

– Rien, rien… J'ai cru un instant… Dites, il n'y a plus de sucre ?

– Je ne sais pas, c'est possible. De toute façon, il manque pas mal de choses…

– Bon. Je vais aller faire un marché.

– Vous, Delafeuille ?

– Oui, moi. Je suis stressé à 75%. Ça me fera du bien de marcher un peu.

– Eh bien… C'est comme vous voulez.

– Un problème ?

– Non, non. Vous… Je suis surpris, c'est tout. Ah : n'oubliez pas la ciboulette.

Delafeuille marchait d'un bon pas sur le chemin qui menait à la départementale, et de là au village. Il était pensif. Les blés ondoyaient autour de lui, dans un silence qui, même au bout de quelques jours, lui paraissait toujours étrange. Comme il respirait bien. Se pouvait-il que cet univers si riche de sensations soit réellement, uniquement composé de mots ? Cela ne lui paraissait pas vraisemblable. Il ne devait pas se laisser dévier. Tout ça, se dit-il, n'était qu'un truc de Davis pour continuer à écrire n'importe quoi, au mépris des lois du marché, et du bon goût le plus élémentaire.

Il tressaillit. Quelqu'un venait à sa rencontre. Il mit un certain temps à le reconnaître : l'individu avançait en traînant les pieds, les mains dans les poches de son pantalon de jogging, voûté, un peu comme ces adolescents en crise qui semblent porter le malheur du monde sur leurs épaules. Pourtant, lorsqu'il ne fut plus qu'à quelques mètres, il n'y eut plus aucun doute : c'était Dumont. Delafeuille s'arrêta à sa hauteur.

– Ça va Dumont ?

– Hon.

– Vous n'avez pas l'air en forme.

– Si, si, ça va.

– Ne me racontez pas d'histoires, je vous connais, allez. Qu'est-ce qui se passe ?

Dumont se laissa aller contre un muret qui tombait à pic. Il avait l'air boudeur et pas très souple. Delafeuille leva les yeux vers le ciel immensément bleu, inspira à fond.

– Belle journée, non ?

– Hon.

– Écoutez Dumont, ne faites pas cette tête-là. Soit vous avez quelque chose en travers, auquel cas vous le dites simplement et je vois ce que je peux faire pour vous, soit vous faites comme tout le monde, vous profitez de la journée en attendant que nos petits problèmes soient réglés. Entre parenthèses, si vous vous mettez à ressembler à un héros comme moi à un trombone, ça ne va pas dans le bon sens et on n'est pas au bout de nos peines. Faites un effort, merde. Je ne peux pas être partout.

– Je me sens inutile, ici.

– Pardon ?

Dumont sortit une main de sa poche avec difficulté, balaya le paysage d'un geste las.

– Je ne suis pas à ma place. J'ai essayé de donner le change, parce que je suis un bon gars. Mais faut se rendre à l'évidence. Il n'y a pas plus d'Igor ici que de beurre en branche.

– Écoutez Dumont, cette saute d'humeur ne cadre pas du tout avec votre profil psychologique. Vous n'avez pas suffisamment d'épaisseur pour vous permettre une réaction dépressive. Vous êtes unidimensionnel, restez-le.

– Ouais, eh ben non. Je suis plein de bonne volonté, mais y'a des limites. Tout à l'heure j'ai flingué un petit lapin. D'accord, je l'ai raté, mais l'intention y était. Vous ne croyez pas que c'est un geste un petit peu désespéré ?

– Il faut que je trouve sa réserve de haschich !

– Vous vous racontez des histoires, Delafeuille. Il n'est pas plus stone que vous ou moi, vous l'avez vu. Il mène une vie simple et saine, ici à la campagne. Une petite bière par-ci par-là, c'est bien le maximum. C'est vous qui êtes unidimensionnel, à la fin.

– Et alors ? Je ne vais pas me gêner. Je suis fictif, paraît-il.

Dumont haussa les épaules, renonça à répondre. Cette absence de combativité, jusque dans le dialogue, commençait à inquiéter sérieusement Delafeuille. Il chercha l'inspiration dans les cailloux du chemin, ne la trouva pas, essaya un sourire bonhomme :

– Qu'est-ce que vous voulez manger à midi ?

– Je m'en fous.

– Arrêtez Dumont. Là, vous faites l'enfant.

– Vous savez très bien qu'on a débarqué dans un autre bouquin, où je n'ai qu'un rôle très secondaire.

– Mais non, mais non.

– Mais si. Maintenant tout se joue entre vous et Davis. Nous ne sommes plus dans un roman d'aventures, en tout cas certainement pas dans une de mes aventures à moi. C'est plutôt un essai, une dissertation, même si formellement on est un peu piégé. C'est une joute verbale qui concerne les antagonismes possibles, réels ou fantasmés, entre la création (que Davis représente) et les impératifs de l'économie de marché (qui parle par votre bouche). Moi je suis juste là pour faire le guignol, habiller le tout, donner un look à tout ça, que ce soit moins aride. Enlever un peu de prétention, aussi. Parce que, je voudrais pas dire mais vous en avez besoin, et pas qu'un peu.

Delafeuille fronça les sourcils.

– Qu'est-ce que c'est que ce nouveau rebondissement ?

– Ce n'est pas un rebondissement. C'est la vérité. Je suis un prétexte, un comparse, un gimmick. Les vrais héros, c'est vous deux.

– Mais non. Vous aimez le gigot ?

– Vous parlez d'une désillusion.

– Écoutez, Dumont… Bob…

– Vous ne pouvez pas imaginer, Delafeuille. Vous ne savez pas ce que c'est d'évoluer dans un univers où vous n'avez plus qu'une importance très secondaire, alors que vous aviez pour habitude d'être présent à chaque page.

– Eh bien…

– J'avais toujours le beau rôle, en plus. Un whisky dans une main, une fille dans l'autre. Très gratifiant. Une fois ou deux je me suis retrouvé avec des enclumes aux pieds dans un lagon infesté de requins, mais je savais que j'allais m'en tirer. Maintenant, mes apparitions se font de plus en plus rares. Et quelles apparitions ! Au détour d'un chemin de campagne, en jogging défraîchi et en pleine dépression…

– Un bon gigot, fit Delafeuille en essayant de conserver un air avenant, et il n'y paraîtra plus.

Dumont n'écoutait absolument pas. Il regardait passer une escadrille d'étourneaux.

– Des cyborgs ? interrogea Delafeuille d'un ton chaleureux, encourageant.

– Des étourneaux, prononça Dumont d'une voix atone.

– Sur un lit de fayots, entonna joyeusement Delafeuille, qui sentait que le terrain était glissant. Vous voulez un dessert ?

Dumont haussa à nouveau les épaules, jeta sa cigarette au milieu du chemin et reprit sa marche sans un regard en arrière. Delafeuille se baissa, ramassa le mégot. Ce petit coin de campagne était peut-être bien imaginaire, tellement il était tranquille. Ce n'était pas une raison pour le bousiller.

– On se voit au déjeuner, lança-t-il à Dumont qui s'éloignait à pas mornes.

Dumont ne se retourna pas. Delafeuille le regarda disparaître au tournant du chemin, hésita un instant, puis reprit la direction du marché, l'air préoccupé.

– V'là autre chose, marmonnait-il.

Sur le chemin du retour, Delafeuille fut beaucoup moins sensible à la beauté du paysage. Évidemment, le poids des sacs remplis de bonne viande, de légumes et de fruits frais rendait la promenade moins plaisante, mais là n'était pas l'essentiel. Pour des raisons qu'il ne parvenait pas clairement à identifier, l'état de Dumont le préoccupait. À dire vrai, l'état de Dumont l'avait toujours préoccupé, mais pas de cette façon-là. Pour dire les choses simplement, il était inquiet.

En arrivant en vue de la maison, il pressa le pas malgré la fatigue. Que pouvait-il encore redouter ? Le souffle court, il poussa la petite porte au fond du potager.

Dumont était assis dans le jardin, vautré plus exactement dans le transat de Davis. Il jouait à faire des bulles de savon avec un petit matériel en plastique, probablement acheté au marché le matin même, ou jailli dans l'histoire de manière totalement fantaisiste. Delafeuille le regarda sans mot dire. Dumont semblait avoir passé le stade de l'abattement consciemment vécu. Il était visiblement en proie à un délire dépressif de l'ordre de l'angoisse.

Delafeuille escalada le perron, entra dans la cuisine comme un boulet de canon et déballa les légumes sur le plan de travail avec, dans les gestes, une violence qui ne lui était pas coutumière. Davis, assis à l'autre bout du plan devant sa machine à écrire Manufrance, leva un œil étonné.

– Vous n'avez pas l'air bien. C'est de faire le marché qui vous met dans des états pareils ?

– Dumont est déprimé.

– Dumont ? Ça ne lui ressemble pas. Et vous savez pourquoi ?

– Il a l'impression d'être de trop dans l'histoire. L'impression que ce n'est plus lui le héros, mais vous et moi.

– C'est absurde.

– C'est comme ça. Regardez-le.

Davis se renversa sur sa chaise, attrapa distraitement les poils qu'il avait sur le nombril.

– J'ai vu. Il fait des bulles.

– Il n'est pas bien, ici, à la campagne, au milieu de nos discussions philosophico-parodiques. Il ne peut pas tenir son rôle.

– Hon.

– Davis, il ne peut pas rester comme ça.

– Comment, comme ça ?

– Enfin, vous l'avez vu ? Il y a quelques chapitres à peine, c'était un agent surentraîné, une sorte de grand fauve humain…

– Une caricature, fit Davis en reprenant sa frappe.

– Qu'est-ce que vous dites ?

– Un cliché. Un grand con bronzé dont la musculature souple joue sous les chemises à fines rayures.

– Eh bien, oui, fit Delafeuille avec un regard perdu. Après tout, pourquoi pas ?

– Un personnage sans aucune épaisseur psychologique. Une création en 2D. Un *toon*. Le degré zéro de la fiction.

– Son épure, balbutia Delafeuille. Un archétype puissant.

– Comment ? Articulez un peu, je n'entends pas, avec le bruit des touches.

– Je dis : un archétype puissant.

– Ne me faites pas rire. Un simple prétexte à nos joutes oratoires, au mieux. Au pire, une épave qui fait des bulles. Armani n'en voudrait même pas comme porte-manteau.

– Je ne sais pas, reconnut Delafeuille en se tournant à nouveau vers la fenêtre. Est-ce que c'est si important ?

– C'est à vous de me le dire.

– Davis, nous… Nous devons…

– Oui ?

Delafeuille se retourna brusquement.

– Nous devons le sauver.

– Pourquoi faire ? Ne me dites pas qu'il doit arriver à temps pour les prix de la rentrée.

– Peu importe. Je suis l'éditeur de la série, et sans lui, la série ne peut pas continuer.

– De toute façon, avec ou sans lui, la série va s'arrêter. Votre comptable sait parfaitement combien font deux et deux.

– Oui, eh bien, je ne suis pas comptable, figurez-vous. Je suis Delafeuille, de la maison Delafeuille, et je suis là pour veiller à ce que Bob Dumont trouve ses lecteurs, même s'ils ne sont que trois. Et les lecteurs de Dumont attendent qu'il terrasse ses ennemis et consomme très rapidement un certain nombre de jeunes dames blondes. Pas qu'il passe ses journées dans un transat au fond du jardin et de la déprime.

– Ce n'est pas ce que dit votre…

– J'EMMERDE INTERTRUC ET SES ÉTUDES DE MARCHÉ, hurla Delafeuille en claquant la fenêtre avec une violence telle que les vitres se brisèrent et se répandirent sur le carrelage dans un fracas épouvantable.

Davis arrêta de taper. Il tourna vers Delafeuille un regard surpris, puis, lentement, peut-être avec un peu d'ostentation, se gratta le derrière de la tête.

– Delafeuille, si vous continuez, vous allez devenir sympathique, et ça, c'est un retournement de situation tel que je ne sais pas trop si je vais pouvoir le gérer. Surtout qu'il nous reste peu de pages.

– Eh bien, tant pis. Ce sera brutal, il faut ce qu'il faut.

– Mouais…

– Et puis, si vous voulez le fond de ma pensée, je suis un personnage sympathique depuis le début, malgré – ou à cause de – tous vos efforts pour me ridiculiser.

– Passons. Qu'est-ce que vous suggérez ?

– Rien. C'est vous l'auteur. Trouvez un truc.

Davis regarda Delafeuille par en-dessous. Il y eut un instant de silence entre eux, d'une qualité inhabituelle. Le merle de l'autre côté du mur le troubla par deux fois, dont une en *si* bémol.

– J'ai peur de devoir vous mettre à contribution, dit finalement Davis.

– Allez-y, répliqua Delafeuille sans hésiter. Je suis prêt à payer de ma personne.

16

Au crépuscule, John Davis se glissa dans le jardin. Toujours vautré dans le transat à l'ombre du cerisier, occupé à faire des bulles, Bob Dumont le regarda s'approcher avec une incuriosité absolue. Davis donnait pourtant les signes d'une grande agitation. Il avançait sur la pointe des pieds tout en jetant des regards inquiets par-dessus son épaule.

– Vous êtes là, Dumont ?

– Si vous le dites, répliqua laconiquement l'agent spécial, qui venait de réussir une bulle d'un diamètre exceptionnel et la regardait flotter dans les reflets du couchant.

Davis creva la bulle de son doigt pointé. Dumont sursauta.

– Qu'est-ce que vous faites ?

– Ce que je veux. Je suis l'auteur de cette chose, j'ai tout pouvoir. Enfin, c'est une hypothèse.

– Cette bulle était exceptionnelle. Vous voulez vraiment me retirer toute satisfaction narcissique, jusque dans les petits coins ?

John Davis se passa nerveusement la main dans les cheveux. Il suait.

– Dumont, j'y vois plus clair. En fait, tout se tient depuis le début.

– C'est-à-dire ?

– J'hésitais à parler. Ma vie est menacée, comprenez-vous ?

À l'énoncé de cette réplique standardisée, Dumont haussa un sourcil. La musique, pour la première fois depuis quelques temps, lui semblait familière. Il se sentit immédiatement plus à l'aise.

– J'écoute, dit-il.

– Suivez-moi bien. Nous sommes à Singapour. Vous êtes sur la piste d'Igor, l'étau se resserre. Bref, une de vos aventures classiques.

– Oui classique.

– Votre enquête progresse à grands pas. Igor se sent menacé. Logique ?

– Logique.

– Que se passe-t-il alors ?

Dumont s'était redressé dans le transat. Faisant un terrible effort de mémoire, il fronça les sourcils.

– Chais plus.

– Vous tombez sur Delafeuille.

– Delafeuille. Oui.

Davis jeta un regard inquiet en direction de la maison.

– Vous comprenez ? demanda-t-il.

– Non, répliqua Dumont sincèrement.

– Il faut que vous compreniez, insista Davis en se tordant les mains.

– Ben oui, mais là je dois dire non.

– Faites un effort. Vous n'allez pas me lâcher maintenant ?

– Vous lâcher ? C'est vous qui me laissez tomber, pas le contraire. Regardez à quoi je ressemble depuis quelques chapitres. Une épave.

– Ne m'expliquez pas à moi ce qui se passe ici. C'est moi qui sais. Vous êtes aveugle, voilà tout.

Dumont se passa la main dans les cheveux, chercha dans ses poches, trouva son paquet de cigarettes Gold, froissé.

– Continuez, ça m'intéresse.

– Donc vous tombez sur Delafeuille. Delafeuille, qui se prétend l'éditeur de vos aventures. Et que se passe-t-il alors ?

– Que se passe-t-il alors ? répéta Dumont.

– Je vais vous le dire. Sous prétexte d'améliorer votre look, il vous détourne de votre enquête, ni vu ni connu.

Dumont s'était levé. Il avait trouvé une cigarette presque intacte, lui redonnait forme.

– Il serait dans le coup. J'y ai pensé plus d'une fois. Mais…

– Mais quoi ?

– Igor l'a enlevé et soumis à la torture…

– Une ruse de guerre. Avant d'avoir compris ce qui se passe, vous quittez Singapour. Et vous vous retrouvez ici, en plein marasme.À faire des bulles. L'ombre de vous-même. Il vous a attiré dans un piège, Dumont.

– Un piège, répéta Dumont (ses yeux se plissèrent).

– Igor n'a jamais trouvé le moyen de vous neutraliser. Il employait toujours la force. Des sbires imbéciles qui n'avaient ni votre science du combat rapproché, ni vos réflexes de tigre. Ou alors il jetait dans vos pattes quelque garce bien roulée, mais là non plus ça ne pouvait pas marcher.

Dumont alluma sa Gold, presque décontracté. Sous le complet chiffonné, sa musculature de tigre recommençait à jouer souplement.

– Non, vous avez trouvé en Delafeuille un adversaire d'un nouveau genre, qui a su gagner votre confiance et vous attirer ici, dans ce piège métaphysique, abyssal, où vous avez commencé à vous étioler, perdre vos moyens, vous laisser aller, oublier vos véritables objectifs qui sont de retrouver Igor et de contrecarrer ses plans…

Dumont fit un rond de fumée.

– Bien raisonné, avoua-t-il.

– Évidemment. (Davis haussa les épaules, regarda à nouveau en direction de la maison.) C'est mon idée. Ou presque.

– Tout se tient. Pas mal. Mais quelle est la véritable identité de Delafeuille ?

Davis essuya la sueur de son front avec un grand mouchoir à carreaux.

– Je ne sais pas, mais il est dangereux.

– En tout cas, merci de m'avoir prévenu.

– Oui. Je prends un gros risque.

– Quel est votre intérêt dans tout cela, Davis ?

– Nouer l'intrigue. Ça partait en vrille, cette histoire.

Dumont vérifia le chargeur de son Beretto.

– Où est Delafeuille en ce moment ?

– Ah, ça. C'est de nouveau votre enquête, mon vieux. Je vais m'éclipser. Vous comprenez bien que le mieux que j'aie à faire dans cette histoire, c'est de disparaître.

– Je comprends, fit Dumont, qui avait vraiment l'air de comprendre.

– Un mot encore. Quelque chose me dit que la clé de l'énigme se trouve à Singapour. Il vous faudra reprendre l'enquête à zéro. Si ça devait se passer ainsi, je ferais tout pour vous épauler. Au mot près.

– Merci, John.

– Bonne chance… Bob.

Les deux hommes se serrèrent la main. Puis Davis mit les mains dans les poches de son vieux blue-jeans et s'éloigna dans l'obscurité. Au bout de quelques pas, il avait disparu. C'était comme s'il n'avait jamais existé.

– À moi de jouer, fit Bob à mi-voix.

Il remonta l'allée du jardin, courbé en deux. Jusqu'ici Delafeuille avait usé de psychologie. Maintenant que son rôle était clair, il pouvait très bien passer à des techniques plus expéditives, comme le Kalachnikov ou la sarbacane automatique. Retrouvant immédiatement tout son métier, Bob fit claquer la porte de la maison contre le mur et effectua un roulé-boulé réglementaire qui le propulsa derrière le meuble de l'entrée.

Tous les sens aux aguets, il laissa passer quelques secondes, puis bondit dans la cuisine, actionnant l'interrupteur et braquant le Beretto avec un synchronisme parfait, prêt à cracher la mort à bout portant. La pièce était vide. Bob eut tout de suite l'œil attiré par les légumes qui avaient été répandus en vrac sur la grande table. C'était signé. Avançant avec précaution, il ne tarda pas à repérer le mot que Delafeuille avait laissé au milieu, planté dans le plan de travail avec l'économe.

Il arracha la feuille et lut :

Rendez-vous à Singapour, Dumont… Ou en Enfer.

– À nous deux, Delafeuille, prononça Bob en rengainant son arme.

Il souriait.

17

Le jumbo en provenance du Quercy venait de s'immobiliser en bout de piste. Bob Dumont jeta un coup d'œil par le hublot. Singapour, à nouveau. Ses yeux, des yeux qui avaient la couleur et la dureté de l'acier, se plissèrent. Son dernier séjour chez les Jaunes avait été plutôt mouvementé et lui laissait un goût amer dans la bouche.

Il défit sa ceinture, fit jouer ses muscles souples, vérifia que son Beretto était bien calé dans son holster. L'hôtesse, une blonde longue et ferme, lui rappelait vaguement quelque chose. Elle lui adressa un sourire radieux.

– Bon séjour à Singapour, Monsieur, dit-elle d'une voix de gorge très prometteuse.

– On ne s'est pas déjà vus quelque part ? demanda Bob, qui se méfiait.

– Monsieur Dumont… Comme vous y allez…

– Seriez pas descendue au Caesar Palace, des fois ?

– Oui oui, dit-elle dans un souffle.

Il la détailla de haut en bas. C'était bien la même greluche qu'au chapitre 1. Elle était décidément carrossée à son goût.

Il se déplaça légèrement dans la lumière, afin de lui permettre d'apprécier son meilleur profil. Elle vacilla. Bob eut un fin sourire. Tout se passait à nouveau normalement. On repartait sur de bonnes bases. S'agissait maintenant de ne pas se laisser dévier.

– À très bientôt, ma belle.

Il se souvenait d'avoir eu des rapports avec la fille avant la fin du chapitre. Cette perspective n'était pas sans achever de le revigorer.

Le passage de la douane se fit sans difficultés. Parfaitement à l'aise dans son univers habituel, Dumont investissait déjà les toilettes pour hommes du Mah-Jong, le centre commercial robotisé. Le petit homme au Wall Street Journal et le tueur jaune gisaient à terre, baignant dans leur sang. Dumont s'enferma dans la troisième cabine, dévissa instinctivement le couvercle de la chasse d'eau et récupéra l'enveloppe étanche qui contenait probablement de nouveaux indices.

C'était un mot de Davis. Bob le déchiffra rapidement.

Dumont, nous repartons sur des bases saines, avant que cette histoire bifurque. Désolé pour cette petite erreur de timing, je suis allé un peu vite. Maintenant nous sommes en rythme. Ne vous laissez pas faire. Vous êtes mon héros. Je compte sur vous. JD.

Il eut une pensée émue pour John Davis, seul à présent au fin fond du Quercy, courbé dès l'aube (si l'on tenait compte du décalage horaire) sur sa petite machine à écrire Manufrance, et qui se retapait tout le chapitre phrase par phrase, se permettant tout juste quelques digressions par rapport au modèle, tout ça pour lui permettre, à lui Dumont, de reprendre sa place dans une intrigue familière, retrouver ainsi sa confiance perdue et la piste de l'infâme Delafeuille. Évidemment, si Davis avait possédé un ordinateur, tout cela aurait pris moins de temps. Mais lui aussi avait le droit d'être monolithique.

– Agir comme d'habitude, se répétait Bob, ne rien changer au scénario, et je vais nécessairement retomber sur Delafeuille.

Il se recoiffa rapidement devant la glace au-dessus du lavabo et quitta les lieux, à temps pour croiser une escouade d'uniformes armés jusqu'aux dents et drogués jusqu'aux yeux. Davis soignait le décor, reproduisait chaque détail avec minutie.

Dumont quitta le hall, appela un taxi.

– Le temple du Lotus rouge, dit-il à l'autochtone bridé à deux dents qu'il reconnut aussitôt.

– Oui *sahib*. Qu'est-ce que c'est ?

– Roule, roule. Sabrons dans le dialogue. Tu es un figurant, n'essaie pas de te répandre.

– Bon.

– En plus, tu es moche.

– Nous sommes en train de dévier, *sahib*.

– Roule.

– Mon *sahib* désire ?

– Mademoiselle Furie. Certainement *effendi*. Chambre 315.

– Vous faites les questions et les réponses, *sahib*.

– Oui, je suis pressé.

Dumont se retrouva rapidement dans l'ascenseur. Arrivé au troisième, il remonta le couloir jusqu'à la chambre qui l'intéressait.

– Entrez, fit la voix de gorge lorsqu'il eut frappé.

Il entra souplement. La pièce était vide. Une forte odeur de jasmin, etc. C'était le moment ou jamais de rester conforme. Il avait hâte de revoir la fille en négligé de dentelle noire.

– Oui ?

Elle sortit de la salle de bains à l'instant où Bob rengainait son flingue (qu'il avait d'ailleurs oublié de sortir, dans sa précipitation bien compréhensive). En porte-jarretelles et bas noirs elle était tout aussi comestible, et ce changement de dernière minute lui allait comme un gant. Gros seins qui tiennent tout seuls, talons de quinze, que demander de plus ?

– Monsieur Dumont. Quelle excellente surprise.

– Ce n'est pas vraiment une surprise.

Elle eut un rire de gorge qu'il trouva, encore une fois, tout à fait merveilleux.

– Je sens que nous allons bien nous entendre, dit-elle en désignant le canapé. Voulez-vous boire quelque chose ?

– Comme d'habitude.

Elle alla jusqu'au bar d'une démarche *chaloupée*. Bob apprécia en *connaisseur* la visible *fermeté* de sa croupe.

– Quelque chose me dit que vous devez bien tenir l'alcool, monsieur Dumont.

– Burp, fit Dumont.

Déjà elle prenait place à côté de lui, collait sa cuisse contre la sienne en lui tendant son verre, qu'elle avait rempli à ras bord d'un excellent douze ans d'âge. Il aimait également voir se répéter ces détails.

Elle se pencha en avant. Évidemment, tout cela restait très allusif, mais c'était mieux que rien, pensa Dumont en allumant une de ses cigarettes spéciales.

Quelques instants plus tard, Dumont passait sur la terrasse, allumait une Gold. La chambre donnait sur les jardins de l'hôtel. Des oiseaux multicolores, de sombres palmiers, tout ça tout ça. Il se laissa tomber dans un fauteuil en bambou, rajusta distraitement son nœud de cravate.

Silencieuse comme une chatte, elle se glissa près de lui. Embrasés par le couchant, ses cheveux lâchés roulaient dans ses reins comme une lave. Il apprécia le spectacle une fois de plus, prit le verre plein qu'elle lui tendait.

– Tu as été fantastique, dit-elle.

– Oui, reconnut Dumont.

C'était agréable, de se sentir à nouveau soi-même. Ils trinquèrent. Elle le frôla, alla s'accouder à la balustrade, merveilleusement impudique. Bob soupira.

– Il ne faudrait pas que ça nous fasse perdre l'intrigue de vue, prononça-t-il comme pour lui-même.

– L'intrigue ?

– Oui. Si je veux arriver au passage où je rencontre Delafeuille, je dois d'abord te descendre.

– Je vois.

– Donc… Ton vrai nom est Ilsa Goulag, matricule… Peu importe. La vérité c'est qu'aucune de mes conquêtes ne peut me survivre, sinon j'aurais des attaches, je me ramollirais. Donc, soit l'ennemi les découpe en morceaux pour essayer de les faire parler, alors que, note bien, elles ne savent rien, ce qui met automatiquement le lecteur de mon côté…

– Procédé démagogique.

– Tu n'es pas placée pour faire de l'esprit. Soit elles sont à la solde de l'ennemi. Dans ce cas c'est moi qui les découpe. Un univers d'une simplicité binaire qui me convient assez. Tu corresponds à un stéréotype. Blonde, longue et ferme, gros seins. Des comme toi, Davis en a plein ses tiroirs. Une de perdue, dix de retrouvées.

Elle avait compris. Un petit pistolet nacré venait d'apparaître dans sa main, comme prévu.

– La question reste posée, apprécia-t-il.

– Quelle question ?

– Je me demande bien où tu as pu planquer ce joujou pendant tout ce temps.

– Allons, chéri. J'ai procédé exactement comme la dernière fois.

Dumont aspira la fumée de sa cigarette. Il sentit l'extrémité du dard contre ses dents.

– OK, OK, dit-il, un peu agacé. Tu emporteras ton secret dans la tombe.

Un sifflement à peine audible dans la nuit de Singapour le dard empoisonné s'enfonça entre les seins de l'espionne à cette distance du cœur l'effet du poison était quasi-instantané la paralysie gagna l'extrémité des membres en une fraction de seconde bloquant son doigt sur la queue de détente ses yeux se révulsèrent elle tomba raide aux pieds de Bob il s'agenouilla au-dessus d'elle déjà il n'y avait plus une étincelle de vie dans ses grands yeux vides sa langue enflée pendait hors de sa bouche en une dernière grimace d'invite à ce qu'elle savait faire de mieux.

– Dommage, dit Bob en prenant son pouls par précaution.

Elle était encore chaude et il se dit que ce bouquin n'avait pas que des bons côtés.

– S'agirait maintenant de ne pas moisir ici.

Il lui ferma les yeux se redressa vivement effectivement ce n'était pas le moment de s'attarder on frappait à la porte de la chambre Bob vida son verre essuya hâtivement ses empreintes et sans hésiter enjamba la balustrade un taxi arrivait à point nommé Dumont haussa un sourcil.

– Un taxi. C'est lui.

Le taxi s'arrêta à sa hauteur dans un épouvantable crissement de pneus, et la portière s'ouvrit à la volée. Bob bondit sur la banquette arrière. Un petit homme vêtu d'un costume sobre et d'un imperméable en lambeaux s'y trouvait déjà. Il regarda Dumont par-dessus une paire de verres épais, d'un air embêté.

– Salut Dumont.

– Comme on se retrouve, Delafeuille.

– Écoutez, je peux tout expliquer.

– Inutile. Vous pouvez vous vanter de m'avoir mené en bateau. Votre plan a bien failli réussir, espèce de traître.

– Pas du tout, pas du tout. À la base, c'est une idée de John Davis.

– Évidemment. Tout ce qui se passe ici est une idée de John Davis. Vous, moi, ce taxi, notre conversation. C'est sa prose.

– Absolument pas. John Davis est un personnage de fiction, exactement comme vous et moi. Cessez de me braquer ce Beretto sur le nez, ça me rend nerveux.

– Descendez, Delafeuille. Nous avons à causer, vous et moi.

– Je croyais qu'on allait à l'hôtel, intervint le chauffeur.

Dumont reconnut, dans le rétroviseur, les deux dents du tireur de pousse-pousse. Un manque de personnel, sans doute.

– Désolé mon gros, dit-il durement. C'est ici que nous allons réécrire l'histoire. Allez Delafeuille. Descendez.

Delafeuille obtempéra en soupirant. L'autochtone leur fit un grand bras d'honneur et démarra sur les chapeaux de roues.

Dumont et Delafeuille étaient à présent seuls face à face. Autour d'eux la nuit jaune étalait son mystère opaque, son silence empli de meurtres. Un cormoran glissa au-dessus d'eux, sans un bruit. Un vent tiède agitait les palmes des grands arbres souples, sur fond d'une immense lune blanche. Bob sourit. Il était sur son terrain.

– Plus d'échappatoire possible, G. Nous allons régler nos comptes, ici même, dans la mystérieuse nuit de Singapour, où tout a commencé.

Delafeuille paraissait à bout de forces. Son petit corps s'était encore tassé face à Dumont, à nouveau souple et racé comme un grand fauve.

– J'abandonne, dit-il. Vous me fatiguez.

– Oui eh bien, ça ne prendra pas deux fois, répliqua Bob du tac au tac. Ne me refaites pas le coup de l'éditeur, Delafeuille. Qui êtes-vous vraiment ?

– Dieu m'est témoin, marmonna Delafeuille en regardant le sommet des palmiers, que j'ai essayé.

Soudain il éclata d'un rire diabolique. Dumont haussa un sourcil. Le visage de Delafeuille n'était plus qu'un masque torve et déformé par la haine.

– Qu'est-ce qui vous prend ?

– Vous me décevez, Dumont. Je croyais que vous aviez compris.

Vous cherchez Igor ? Vous pouvez le chercher longtemps. C'est moi, Igor, pauvre niais !

– Igor ! s'exclama Dumont. Vous, Igor ? Mais c'est impossible, je vous ai vu dans la crypte, enchaîné et torturé par Natacha.

– Je n'en suis plus à une manifestation près de mon génie malfaisant et diabolique. J'ai pu me cloner dans mes laboratoires de l'Oural, en sept exemplaires que j'ai lâchés à travers le monde. Ce sera d'ailleurs le titre de votre prochaine aventure : *La Malédiction des sept bouddhas*, par John Davis, éditions Delafeuille. J'en aurais bien cloné quelques autres mais les plombs ont sauté. Chacun de ces Igor est à ce point persuadé d'être le vrai Igor que l'un d'eux s'est mis en travers de ma route. Par contre cela m'a permis de me débarrasser de Natacha, cette… (Delafeuille sortit un petit rouleau de papier de sa poche, le déroula hâtivement, fronça les sourcils comme s'il essayait de déchiffrer quelque chose.) Ah oui… Cette chienne qui jouait double jeu avec vous depuis le début et qui m'a confondu avec un de mes clones.

– Je m'en doutais. Votre attitude m'a toujours paru suspecte.

– À d'autres. Vous n'y avez vu que du feu.

– Pas du tout. Mon instinct de fauve…

– J'en peux plus. Descendez-moi.

– C'est bien ce que je compte faire. J'aurai assez de fil à retordre avec les sept qui restent.

– Manchot comme vous l'êtes, c'est sûr.

– Je vais probablement devoir les éliminer un par un, au cours de palpitantes aventures à travers le monde. J'ai hâte d'être au prochain épisode.

– Abrégeons, abrégeons.

Dumont leva son Beretto. Delafeuille ferma les yeux.

Soudain, une monstrueuse Simca impossible à recycler, jaillie d'on ne sait où, s'arrêta brutalement entre les deux hommes, dans un nuage de poussière épouvantable. Dumont protégea ses yeux, il entendit une portière claquer. La Simca démarra en trombe. Le Beretto cracha. Bob vida son chargeur, mais il ne pouvait pas ajuster son tir, à cause de la fumée.

Très souple, il épousseta son costume. Igor/Delafeuille avait disparu, évidemment.

– Un rescapé du réseau Asia ? se demanda-t-il. Un comparse ? Un cyborg ? N'importe, nous nous retrouverons.

Très décontracté, il reprit, à pied, la direction de son hôtel. Son costume de lin clair, fait sur mesure par un grand couturier de ses relations, se détachait dans la nuit de Singapour. Avant longtemps, son chemin croiserait celui d'un pousse-pousse, ou d'une blonde bien carrossée dans une petite voiture de sport. Heureux de son sort, il alluma une fine cigarette à filtre d'or, dont le parfum turc lui procura un plaisir très souple.

Mission accomplie, se dit-il, je rentre à la base.

Postface

Courageusement publié chez Delafeuille dans un contexte difficile pour l'éditeur, *L'Espion qui venait du livre* est une réussite du genre. Si le mot n'était pas si galvaudé, on pourrait parler de classique instantané.

L'aboutissement… Représente l'aboutissement du « style John Davis ». C'est mieux.

Courageusement publié chez Delafeuille dans un contexte difficile pour l'éditeur, *L'Espion qui venait du livre* représente l'aboutissement du « style John Davis ». Souvent imité, jamais égalé, si le mot n'était pas si galvaudé, on pourrait parler de classique instantané.

C'est micux.

L'argument de départ est pourtant mince. Bob Dumont, notre héros surentraîné, bronzé et sans états d'âme, emballe une hôtesse de l'air et flingue de cruels Asiatiques sur fond de palmiers. Ce livre, puisque aussi bien il s'agit d'une chose imprimée à caractère autonome, d'un nombre de pages conséquent, s'adressant à nos sens et que, n'en déplaisent aux champions de la culture d'élite, c'est bien ainsi que l'entend le sémiologue, ce livre nous l'avons tous lu un jour ou l'autre : parce qu'il y avait une demoiselle avenante sur la couverture, parce que nous étions jeunes, parce que nous avions un train à prendre, par curiosité, parce que c'était moins poussiéreux que *Ruy Blas*, ou que tel était notre sentiment.

Poursuivons notre lecture, le temps de quelques péripéties outrancières, d'ailleurs très attendues. Il émane de ces pages une vraie, une puissante nostalgie. Nostalgie d'une époque et de son folklore bien sûr, d'un âge de la vie peut-être, mais aussi et surtout d'une écriture primale, d'un temps et d'un lieu où l'écrivain ne jouait pas d'abord à être écrivain. Un temps et un lieu où l'urgence était de raconter une histoire. Ce parfum de simplicité constitue le premier cadeau du livre.

Il serait dommage de s'en contenter, car le meilleur est à venir. En effet, passé le laps de ce rafraîchissant *revival*, Bob Dumont, personnage monolithique, à l'abri des mouvements de l'époque, comme cryogénisé, justement pendant la guerre froide, fait au coin d'une rue de Singapour une rencontre pour le moins surprenante : Delafeuille, l'homme qui édite ses aventures sous couverture brochée et suggestive. Voilà qui est, en fait de péripétie attendue, pour le moins *inédit*, et ne peut se passer d'élucidation.

Delafeuille est un homme inquiet : les aventures de Bob Dumont ne se vendent plus, pour la bonne raison qu'elles ne correspondent plus au goût du jour. L'auteur de la série, qui écrit sous le pseudonyme de John Davis, semble indifférent aux évolutions géopolitiques dont son œuvre est censée être, par l'intermédiaire de Dumont et de sa fonction dans la fiction, le miroir et le contrepoint ludique. D'une façon plus anecdotique, mais tout aussi agaçante et, ajoute Delafeuille, économiquement préjudiciable,

Davis, en cela très semblable à son personnage, même si d'une façon plus délibérée, ignore superbement la tendance.

Lié par contrat, Delafeuille éprouve une frustration et une humiliation certaines à publier les textes de Davis. Que faire ? Rien que de très banal : en bon professionnel, il tente d'apporter sa participation à l'histoire, pour la faire dévier vers ce qu'il suppose être davantage de modernité. Là où la démarche de Delafeuille est un peu particulière, c'est qu'il entend participer… littéralement. Passant de l'autre côté du miroir, il accoste Dumont entre deux palmiers et fait appel à sa bonne volonté : pourrait-il modifier un peu son comportement, et surtout son *look* ?

Un peu surpris par la présence soudaine de Delafeuille dans l'intrigue, déstabilisé par ses requêtes surréalistes, Dumont essaie malgré tout de lui donner satisfaction, dans la mesure où cette tâche – pour lui annexe – ne met pas sa mission en péril. Le tandem se lance alors dans une quête complexe, qui vise à la fois à faire avancer l'intrigue et à la soumettre aux lois du marché. À travers leurs démêlés avec les sbires du réseau Asia *et* les tendances du moment, le livre dont ils sont les protagonistes se révèle à la fois comme une tentative radicale de renouvellement du genre et un catalogue des procédés marchands qui ont contribué à le standardiser.

Malgré tous ses efforts, c'est Delafeuille qui est contaminé par la fiction et se met à raisonner hors de toute logique : il faut l'avoir vu se scandaliser du *relooking* des tueurs venus le kidnapper, *relooking* qu'il prend, à juste titre, pour de l'ironie. Sans plus s'apercevoir de ce que cette proposition a d'impossible, il suggère à Dumont de l'accompagner dans le Quercy, où John Davis a sa tour d'ivoire, pour *travailler directement sur l'auteur*, à même un corps qui n'est (en apparence) plus celui du texte. Toujours monomaniaque, Bob voit là une excellente occasion de savoir où se terrent ses ennemis. Si quelqu'un est au courant, pense-t-il non sans logique, c'est bien son créateur (quelle ne sera pas sa déception en apprenant que celui-ci écrit au fil de la plume, sans aucun plan préalable).

C'est pourtant John Davis, fantaisiste qu'on a soupçonné un peu vite d'être coupé du monde réel, qui permet à la réalité de reprendre ses droits, en confiant à Delafeuille qu'eux aussi, eux les premiers, tout éditeur et auteur qu'ils se prétendent, sont très certainement des personnages de fiction. Dès lors, et bien qu'il ne l'entende pas de cette oreille, ce que Delafeuille affirme n'être qu'une pantalonnade surannée pourrait bien être un essai ludique (et non dénué de subtilité) sur les rapports nouveaux de la chose littéraire et du commerce.

Car Delafeuille, personnage pivot, véritablement au centre de l'histoire, *est* le drame. Ce n'est plus la qualité d'un texte qui l'intéresse, mais le potentiel économique d'un produit. En cela il se croit, contrairement à son fantaisiste d'auteur, connecté au réel, mais il est en fait, à son corps littéralement défendant, coupé de son essence et de sa fonction, et plus simplement encore de sa véritable identité, que nos informateurs à Singapour ont tôt fait de percer à jour. L'étrange voyage qu'il accomplit, de Singapour au Quercy et retour (bien qu'à ce stade de l'histoire il ignore tout de cette ultime péripétie) se double d'un autre itinéraire, du rôle triste de victime consentante du néo-libéralisme, à celui, noble, de créateur intègre qui s'efface devant sa création. Notons d'ailleurs que Bob Dumont n'est pas, loin s'en faut, une création littéraire majeure, ou même une nouveauté. *Me too* et content de l'être, il n'est pas défendu pour ses qualités intrinsèques, mais au nom de principes plus grands que lui. C'est en cela que la démonstration s'avère en tous points, et à tous les sens du terme, remarquable.

Démonstration qui passe, comme chez les Anciens, par le dialogue. Delafeuille, angoissé, pose la question : de quoi est-il question, justement ? Davis, l'auteur supposé, est mis en demeure de répondre. Il est intéressant de noter que, à ce stade de l'histoire, Delafeuille peut être très simplement envisagé sous l'angle du seul genre : protagoniste d'un *whodunit*, embarqué dans une intrigue rocambolesque, à laquelle l'auteur va devoir trouver une solution satisfaisante pour l'esprit. Le leurre serait donc une facette de la réalité (ou, comme l'écrirait Denis Roger : « Dérision : que cette pose se révèle si vraie »). John Davis ferait alors un excellent coupable, celui que le lecteur ne soupçonne pas et qui, dans l'ombre, manipule son monde, tout en agissant au grand jour. Un tour de force qui fait de John Davis une création majeure, même si on peut se demander : une création de qui ?

Le rôle complexe de Delafeuille, passé de l'autre côté du miroir, mais se posant obstinément en défenseur du Réel, l'oblige à porter plusieurs croix en même temps. Pour prix de cette position prométhéenne, il doit traverser, comme autant de cercles de l'enfer, plusieurs univers stylistiques qui s'excluent, mais dans lesquels il doit instantanément trouver sa place et sa dimension : roman de genre, narrateur intradiégétique, théâtre, nouveau roman, et jusqu'à cette exégèse, comme si c'était là des produits dérivés dans l'instant de la matrice Delafeuille. En tant que protagoniste, il ne peut que s'étonner de ces changements de cap brutaux. En tant qu'éditeur, s'inquiéter de la cohérence de ce qu'il considère toujours comme un produit. L'ironie de la chose étant, bien entendu, que ce sont ses efforts mercantiles qui maintiennent l'objet au bord de l'invendable, au risque de l'y précipiter une bonne fois.

Et pour cause. Le cœur de la démarche de Delafeuille n'est pas, comme il tente de le faire croire, de rendre le texte comestible, mais de se substituer à l'auteur. Voilà bien une lecture œdipienne du rapport entre l'homme de l'art et celui du commerce. Devant son échec à modifier le fil rouge de *L'Espion qui venait du livre*, le monolithique Dumont, Delafeuille passe à l'acte, modifie le scénario et impose son héros, sa créature : l'auteur, personnage qu'il préfère à l'espion, dans ses touchantes ambitions culturelles. Delafeuille prétend faire du commerce, mais son fonds de commerce, c'est la culture. Car, même pour qui « brandit sa calculette », il y a toujours plus important que les bénéfices. C'est pourquoi il s'empare d'un produit innocemment commercial, pour en faire un roman à clés. Et c'est là que sa constante ambigüité, que sa créature lui renvoie, s'explique : Delafeuille *feint* de raisonner en commerçant.

C'est donc Delafeuille, poussé par un « très réjouissant fantasme auteuriste », qui crée John Davis, et dès lors, rien ne va plus. En effet, si John Davis est réellement l'auteur, la situation se complique considérablement : c'est lui, et lui seul, qui a créé Delafeuille. Quelle situation ! Voilà donc un auteur qui s'invente un éditeur, afin d'en faire le protagoniste de son roman. L'arrivée de Delafeuille dans le Quercy ne serait qu'un banal effet jokari, plus ou moins prémédité. Le nœud de l'intrigue doit tôt ou tard se resserrer. Mais Davis se défend de toute responsabilité en ce domaine. Il se prétend tout aussi fictif que Delafeuille. Il est à noter que ni l'un ni l'autre n'ont, à l'intérieur de cette fiction, l'intuition, s'ils vont jusqu'au bout de leur logique, qu'ils se sont mutuellement créés. Delafeuille imagine évidemment son auteur coupé du monde, paresseux, alcoolique, inconscient de toute réalité économique. À l'inverse, l'auteur qu'il a créé, et qui l'a créé, ne peut envisager d'éditeur que prêt à toutes les compromissions, et totalement imperméable au bon sens ou à la liberté de créer (la fameuse licence poétique dont Dumont se réclame quand il croise un Asiatique qui parle arabe). L'un et l'autre sont des fantasmes, projections de projections en une galerie des glaces sans matrice, labyrinthe sans commencement ni fin qu'un Borgès n'eût pas renié.

Dumont, lui, reste de bout en bout un personnage entier, au comportement authentique. Soumis à toutes les influences, il ne se conforme en définitive au désir de personne. Il est. En cela il se révèle peut-être le véritable porte-parole de l'auteur, l'auteur Davis n'étant lui qu'un porte-parole de Delafeuille, lui-même porte-parole de Davis. Dès lors, quelle est la morale de l'histoire ? Joue-t-on une littérature contre une autre ? Ce serait stupide. Par contre, et cela mérite qu'on s'y arrête, on joue peut-être ici *la littérature contre la culture*, en cela que la première est un acte et la seconde un label, un estampillage, une division morale à l'usage des incultes.

Sans doute fallait-il, pour arriver à cette fin, que Dumont débarque à Singapour à la poursuite d'Igor, que Delafeuille traverse les cercles de l'enfer à la recherche d'un sens, et que John Davis, avec la satisfaction du devoir accompli, reprenne une bière.

– Vous en voulez une, Delafeuille ?

Delafeuille ne leva même pas la tête. Il souriait.

– Delafeuille ?

– Pardon ?

– Vous prendrez une bière avec moi ?

Delafeuille montra le dernier feuillet qu'il tenait entre les mains.

– C'est bien, ça, Davis. Ça prend du sens.

– Oui.

– C'est dommage qu'on n'ait pas pensé à la mettre au début. Une préface, c'est mieux au début. Ça fait moins désordre.

– Il ne faut jamais mettre une préface au début. Si on fait ça, les gens la lisent et ils se mettent à penser des trucs sur le bouquin.

– Il faut que je m'habitue. En fait… Ça surprend un peu, quoi…

– C'est pas le genre de truc que vous vouliez ?

– Si, si, mais je voyais pas ça comme ça. J'ai pas de référent, vous voyez.

– Ah, ça, personne ne va vous dire si c'est bien ou pas. C'est à vous d'en décider.

– C'est vrai que c'est tentant. Du coup, tout se tient. Il me semble. C'est l'impression qu'on a, quoi… Il y a du fond. Enfin, un peu… En même temps, ça reste léger.

– Oui, j'aime bien.

– Vous l'avez fait exprès ?

– Evidemment.

– Parce qu'on ne sent pas l'intention.

– Oui, c'est ça qui est bien.

– Ah bon.

ILS ONT COLLABORÉ À CE LIVRE :

PIERRE FOURNIAUD
DIRECTION ÉDITORIALE ET COORDINATION

CHIMÈNE PEUCELLE
RELECTURE

RÉMY TRICOT
COUVERTURE

BRUNO RINGEVAL
COMPOSITION

DONATA JANSONAITE J
IMPRESSION

MARIE-ANNE LACOMA
SUIVI COMMERCIAL ET PROMOTIONNEL

FLORA MORICET
PRESSE

AGENCE TRAMES
CESSION DE DROITS

LES ÉQUIPES DU CDE ET DE LA SODIS
DIFFUSION ET DISTRIBUTION

LES LIBRAIRES
COMMERCIALISATION ET PROMOTION

DÉPÔT LÉGAL : JUIN 2022
IMPRIMÉ EN UE